中华

魂

ZHONGHUA HUN

百部爱国故事丛书

血洒虎门御敌寇

——抗英将军关天培

黄云鹤　编著

吉林人民出版社

图书在版编目（CIP）数据

血洒虎门御敌寇：抗英将军关天培 / 黄云鹤编著.

-- 长春：吉林人民出版社，2011.3（2021.8 重印）

（中华魂·百部爱国故事丛书）

ISBN 978-7-206-07476-9

Ⅰ.①血… Ⅱ.①黄… Ⅲ.①故事—中国—当代

Ⅳ.① I247.8

中国版本图书馆 CIP 数据核字 (2011) 第 032630 号

血洒虎门御敌寇
——抗英将军关天培

XUE SA HUMEN YU DIKOU
　　　——KANG YING JIANGJUN GUAN TIANPEI

编　　著：黄云鹤

责任编辑：王　磊　　　　　封面设计：孙浩瀚

制　　作：吉林人民出版社图文设计印务中心

吉林人民出版社出版 发行（长春市人民大街7548号 邮政编码：130022）

印　刷：北京一鑫印务有限责任公司

开　本：787mm×1092mm　　1/16

印　张：8　　　　字　数：64千字

标准书号：ISBN 978-7-206-07476-9

版　次：2011年3月第1版　　印　次：2021年8月第2次印刷

定　价：35.00元

总　序

　　《中华魂》是一套故事丛书。它汇集了我国自鸦片战争以来一百八十余年间的近百位民族英雄、仁人志士、革命领袖、先进模范人物的生动感人事迹，表现了他们作为中华儿女的伟大的爱国主义精神。

　　爱国主义是人们对于"生于斯、长于斯、衣食于斯"的祖国的一种神圣感情，是人们对于自己民族的一种强烈的责任感和使命感，是感召和激励整个中华民族的一面永不褪色的旗帜。在一百多年的中国近现代史上，爱国主义一直激励着中华儿女为祖国的独立、统一、进步和繁荣而英勇奋斗。从"苟利国家生死以，岂因祸福避趋之"的林则徐，到"我自横刀向天笑，去留肝胆两昆仑"的谭嗣同;从"铁肩担道义,妙手著文章"的李大钊,到"青春换得江山壮,碧血染将天地红"的赵一曼;从"县委书记的好榜样"的焦裕禄,到"问鼎长天,扬我国威"的邓稼先……都表现出了强烈的爱国主义精神。正是由于热爱祖国的人们前仆后继地奋斗,国家和民族才得以生存,才能够在一次次历史危急关头转危为安,走向兴盛和富强,从而屹立于世界民族之林。爱国主义是鼓舞中华儿女历经忧患、跨越沧桑、百折不挠、自强不息的伟大力量,它贯穿于中华民族的整个历史,并有力地凝聚着五洲四海的中国人。

爱国主义是一个历史的范畴,在社会发展的不同阶段、不同时期有不同的具体内容。革命时期,需要我们为祖国的独立自主出生入死;建设时期,需要我们为祖国的繁荣富强增砖添瓦。在全国各族人民团结一心,开启全面建设社会主义现代化国家新征程的今天，我们要争做一名新时期的爱国者。新时期的爱国者要有强烈的民族自尊心、自豪感。民族自尊心、自豪感是任何时期、任何爱国者都必须具备的情感。民族自尊心能增强我们自立向上的恒心，民族自豪感能树立我们建设祖国的信心。要树立"祖国高于一切"的崇高信念，为了祖国和人民的利益不惜抛却个人的利益，甚至不惜牺牲个人的生命。我们要树立终身学习的理念，拓宽自己的知识面，广泛吸收新知识、新技术，完善自身的知识结构，更新学习知识的方法与理念，从思想上、知识上充分武装自己，为祖国的繁荣昌盛贡献力量。

爱国主义思想的继承和发扬，是关系到民族盛衰、国家兴亡的根本问题。爱国主义思想情操的形成，需要不断地培养。培养爱国主义精神的一个重要途径是向英雄人物和典范事迹学习和致敬。这套丛书的出版,对于青少年向英雄和先进人物学习,特别是对于在中小学生中进行爱国主义教育是不可多得的生动的教材。祝愿此书出版发行成功,为培养时代新人做出贡献。

胡维革

中华魂
百部爱国故事丛书

编 委 会

策　划：　胡维革　吴铁光
　　　　　林　巍　冯子龙
主　编：　胡维革　邢万生
副主编：　贾淑文　杨九屹
编　委：　（按姓氏笔画为序）
　　　　　于二辉　刘士琳
　　　　　刘文辉　孙建军
　　　　　李艳萍　吴兰萍
　　　　　谷艳秋　隋　军

功高靖海长城倚，

心切循陔老圃知。

——林则徐

目 录

中华魂 百部爱国故事丛书
ZHONGHUA HUN

建 设 海 防

1841年2月末的一天，天阴沉沉的，淅淅沥沥的小雨不停地下着，天空仿佛在哭泣，在哀怨。广州城内出现了一支庞大的送葬队伍，人们抬着高大的棺枢在凄风苦雨中缓缓地走着。道路的两旁站满了送葬的群众，泪水和着雨水默默地淌着，不断地发出悲哀的抽泣声。数百名官员穿着缟衣在灵枢后走着，心情十分悲痛，有的人失声痛哭起来。前面有一幅巨大的挽联，上面写着：

六载固金汤，

问何人忽坏长城，

孤注空教躬尽瘁；

双忠同坎壈，

闻异类亦钦伟节，

归魂相送面如生。

这幅挽联是林则徐为悼念这位为守祖国南大门而英勇捐躯的民族英雄——关天培而写的。这位被人们称为"南海长城"的民族英雄倒下了，广州人民倾城而出，送这位曾经与他们共同抗敌作战的英雄魂归故里。

1781年1月8日，关天培出生在江苏省淮安县的一个贫穷的农民家里，他的祖祖辈辈都是种田的，过着朝不保夕的生活。关天培从小便随父母下地干活，帮助家里挣饭吃。他生性好动，一有工夫，便舞枪弄棍，厮杀滚打，从小就练就了一副好身板。他从小就显得有勇有谋，与小朋友玩时，大家总是听他指挥，围着他转。关天培从小便渴望将来能领兵打仗，成为大将。他曾上过学，但因家里太穷了，实在没有办法念下去，他便弃学投戎，开始了当兵的生涯。

在军队中，他勤学苦练，学成一身好武艺。他不想成为一介武夫、草莽英雄，他要成为智勇双全、指挥有方的将军，所以，白天练习武艺，晚上勤学苦读。他念过的书很少，只好从头学起，一字一句地学习。他不喜欢八股文及诗赋、论策，特别喜欢《孙子兵法》等军事书籍，从中学得很多谋略，增长了他的军事才干，成为军队中出色的一员。在他22岁时，顺利地考取了武秀才，走上成为将领之路。关天培凭借自己的一身技艺和精通战略战术，很快便脱颖而出。由于他办事认真，勤勤恳恳，得到上司的信任，迅速被提升，可以说平步青云。在军队中，他历任把总、千总、守备、都司、游击、参将、副将、总兵、代理江南提督等职。无论担任何职，他都兢兢业业，一丝不苟，严于律己，身先士卒，很得士兵的爱戴，并且屡次受到朝廷的嘉奖和道光皇帝的召见。

　　1834年，这一年可以说是关天培人生中的一个转

关天培雕塑

——抗英将军关天培

血洒虎门御敌寇

机。9月，英国驻华商务监督律劳卑率船队来华，他们无视中国政府的法律，以通商贸易为借口，公然率两艘军舰闯过广州虎门海口各炮台，直抵黄埔港，进行侵略性的试探。当时的广东水师提督李增阶疏于防犯，水师官兵松散无力，根本不能抵御外来侵略者。广东督府卢坤等见此情景，非常着急，火速上奏皇帝。道光皇帝看到卢坤的奏折，龙颜大怒，下令将李增阶革职查办。那么由谁来接替李增阶的提督之职呢？谁来守国家的南大门呢？这时他想起了关天培，见此人有干济之才，堪当此任，便下诏，将关天培由代理江南提督升任为广东水师提督。

年过半百的关天培接到皇帝的诏书后，心里百感交集。他为皇帝的赏识和重用感到高兴，从此，自己成了朝廷的高级将领，实现了自己多年的宿愿。到广东水师当提督，也可以更充分地展示自己的军事才能，有着更

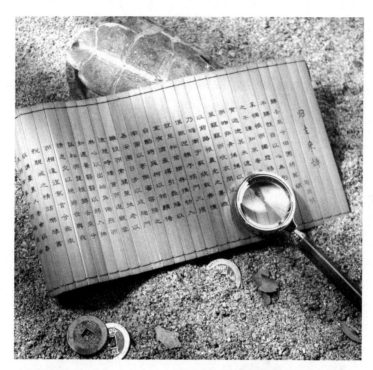

广阔的前程。另一方面，他也感到担子太重。广州是祖国的南大门，英国侵略者律劳卑轻而易举地闯进内港，说明这个大门已经不堪一击了，自己接管这扇大门，牢牢地守住，不让侵略者进入，那将是一个多么重的担子啊！

关天培心事重重地回到家里，看到文弱的妻子、年近八旬的老母和不懂事的孩子，心情更沉重了。他的妻子见他心情烦躁不安的样子，轻声地问道：

"不知何事令大人如此不开心，能否说给我听听？"

关天培抬头看了看妻子，起身坐到妻子身边，对妻子说：

"夫人，我今天接到皇帝的圣旨，任命我为广东水师提督，过几天就要到广州赴任去了。"

妻子一听，高兴地说道：

"夫君高升了，应该高兴才对呀，为何闷闷不乐呢？"

关天培重重地叹了口气，说道：

"我是为有此机会而感到高兴。可是此番前去，任务繁重，恐怕无暇照顾母亲和孩子，心里不安啊！"

只见他妻子淡淡一笑，说道：

清朝官帽

"你请放心。大丈夫应以国家事业为重，不应为儿女私情所累，有我照顾母亲和孩子，你就放心去吧！我想带母亲和孩子回江苏老家去，这样就免得拖累你，行吗?"

望着如此贤惠而又通情达理的妻子，关天培内心充满感激之情，他决定只身南下，不负皇帝的重托和妻子的希望，为祖国守好南大门。

11月，关天培派人将老母与妻子等送回老家，只身带着一个家丁前往广州虎门赴任了。

虎门在广东南部，位于珠江三角洲的东南侧，是个背山面海的美丽小城，自古以来就是重要的军事要隘。虎门之内，水面非常狭窄，小岛星罗棋布，珠江从这里

滚滚南下，水流湍急。一出虎门，水面豁然开阔，珠江流速陡然减缓，慢慢地注入茫茫的大海。虎门，像一只猛虎，雄踞于祖国南大门，卡住珠江的咽喉，是外洋进入广州城的必经之地，战略地位十分重要。早在明朝万历年间，就开始在这里设防。清朝康熙、嘉庆两朝时，在这里建立炮台，到此时，这里已有炮台7座。

关天培到任的第二天，他不顾旅途的疲劳，亲自驾船下海，考察虎门的海防情况。他一个岛一个岛地查，一个洲一个洲地看，每个炮台、每门大炮、每艘战舰、每个兵营都认真地查访；同时，召见各营的将士，询问情况，心中对广东的海防情况有了准确的了解。现实情况不容乐观，他看到，虎门如此重要之地，防御力量十分薄弱，炮台年久失修，上面长满野草，一幅残破的景象，武器十分陈旧，几门破烂的大炮生满了斑驳的铁锈，炮台的布局也不合理，构不成有效的火力网，难怪英国军舰轻而易举地进入内港。装备设施差得令人吃惊，但更令人吃惊的是这里的人，无论是广东海关还是水师，大部分官僚都极其腐败，贪污、贿赂成风。他们利用权力包庇鸦片贩子贩毒，从中获得巨利，甚至勾结外国商人，直接参与贩毒。有的士兵也参与贩毒，军队内吸毒的大有人在，他们玩忽职守，军纪松散，不务正业，整个队伍的素质极差。

有的士兵不会放炮，发炮技术很低，很长时间才能把炮弹装上，且很难命中目标，这样的军队怎么能抗击敌人呢！

关天培见此情景，心急如焚，急忙找两广总督卢坤商议，二人决定将此情况上奏道光皇帝，要求自筹款项，从1835年起，对虎门的海防设施彻底改造，对广东水师队伍进行彻底的整顿。

为了使海防设施能够更有效地打击敌人，关天培决定对现有设施进行重新布置。他亲自到虎门测量海口的宽窄，水位的深浅，亲自试验大炮的射程，来确定炮位的远近，为重新设防作好充分的准备。在调查研究的基础上，关天培制订了新的海防计划。

首先，他在虎门增修炮台。除了加固南山炮台(后改名威远炮台)外，还在横档山后和芦山湾麓新建永安、巩固两个新炮台，使虎门两岸炮台增加到10座。其次是添置一些重炮。关天培亲自督铸八千斤大炮20门，六千斤大炮22门，五千斤炮8门，三千斤炮15门。再次是重新调整炮位，重新分配火力。他将虎门的10座炮台分成三道防线，最前沿的第一道防线是最南端的沙角和大角炮台，作为前哨，起报警作用。在这里分别安置12门和17门大炮。第二道防线是虎门两岸和江中岛屿的炮台群，将其排列成"品"字形，形成多角度的交叉火力网。东面是威远、镇远和横档三座炮台，各安炮40门，西面隔海相对的是永安、巩固两座炮台，分别安炮40门和20门。第三道防线是江心的大虎炮台，作为最后的屏障，安炮32门。此外，在虎门海口的左侧有蕉门炮台，安炮20门；虎门海口的右侧有新涌炮台，安炮12门。

此后，英国8艘军舰窜到虎门，见防守森严，就吓跑了。

1839年，林则徐作为钦差大臣南下广州，非常重视海防建设。关天培在林则徐和两广总督邓廷桢的支持下，对虎门海口的第二道防线进行扩建。

虎门的第二道防线，距离第一道防线7里，是火力集中地区。江心有上、下横档两座小岛。横档岛与左岸之间，水面较窄，水深流急，是珠江的主要通道。关天培派人制造两条碗口粗的铁链，每一环都重达18斤。第一道铁链，安于南山与饭箩排巨石之间，长309丈，上系大木排26排；第二道铁链，安在南山与横档之间，长372丈，上系大木排44排。每个大木排，由4个小木排联成，每个小木排，由4根长4丈5尺的木头联成，穿有横木，并用铁箍箍紧。每道铁链两头是固定的，中间衔接处用大铁锁接扣，可以开合。平时无事时就将铁链分开，船只可以自由出入；一旦遇到敌情，就将铁链锁上，使敌船无法通过。在这里，专门设4只划船和120名水兵，管理铁链的开合。为了保护这两道排链，又在武山排链安放处建一座靖远炮台，

配备大炮60门。在横档与右岸之间，江水较浅，退潮时有不少沙洲露出水面，关天培派人在沙洲上钉下梅花暗桩。这样，即使是涨潮时，敌船也无法从此通过。此时的虎门要塞已经固若金汤，彻底改变原来的面貌，足令敌人望而生畏。

关天培在整顿和建设海防设施的同时，也对广东水师队伍进行了整顿。他淘汰水师中老弱病残的士兵，从每百名士兵中挑选出40名身体好的士兵，进行严格训练，称他们是备战兵，将他们训练成技术纯熟、样样精通的强兵，从中选出350名驻守虎门要塞第二道

虎门销烟图　作者李延声

防线的8座炮台。让士兵们懂得射炮之道，如何放炮，怎样使用交叉火力等，让要塞的设施充分发挥作用。他制定了非常严格的军事训练制度，来改变以往水师军纪松弛、士兵技术低劣的状况。他明确规定各级军官的责任，撤换了一些不负责任、昏庸无能、营私舞

013

血洒虎门御敌寇

——抗英将军关天培

弊的军官。他规定专官练专兵，每个军官固定负责几名士兵，士兵的一切都应由这个军官全权负责。另一方面，专兵操练负责专炮。几个士兵一门炮，他们要熟悉这门炮，还要负责炮的保养。这种层层负责的制度使官兵各尽其职，有利于官兵对武器的熟悉和使用。

为了让炮手能够熟练地掌握装填炮弹的技术，他让士兵用破旧的大炮和生锈的炮弹反复练习。他规定，炮手每月要进行两次实弹射击。每次实弹射击，关天培都亲自参加指挥。一天，炮兵们又开始实弹射击演习了，炮手们在大炮旁作着准备，关天培也站在最大的一门炮旁，指挥着炮兵射击。突然，"轰"的一声，一门大炮的炮管破裂，炮手受了伤。其他炮兵见此，都有些畏惧

和慌乱。只见关天培镇定自若，下令士兵将身边这门最大的炮装上火药，他亲自放响了这一炮。一声巨响，炮手们见提督大人巍然不动地站在硝烟之中，深受鼓舞，他们的畏惧心理顿时消失，群情激奋地投入训练。

关天培还规定，每年春秋两季都要进行一次水陆军联合军事演习，来提高士兵的综合战斗能力。每次演习首先是演习战船攻守操练，其次演习水兵泅水阵式，然后各炮台进行各种火器演习，就连专管排链的士兵也要表演排链的启闭之法。

由于关天培的努力整顿，严格操练，广东水师的作战技术迅速提高，军纪也严整起来，已成为一支纪律严明、能攻善战的海上防卫队了。

鸦片战争

关天培生平

生于淮安府山阳县(今淮安市楚州区)。20岁的关天培当了淮安府巡守营营官的亲兵,23岁,关天培考取了武秀才,授漕运总督右营把总。在临上任的前一天,母亲把他叫到跟前,用岳母刺字的故事教育他,要他以岳飞为榜样,为国尽忠。关天培牢记母训,开始了他的戎马生涯。

1826年,由于"漕河浅阻",漕运总督衙门筹办由海上转运漕米,这是一次十分危险的航程,要"行汪洋大海,遇警风骇浪",关天培"不避毛遂之嫌,力请身任",于是被委任率领一支由1 254只船组成的庞大船队,运漕米一百二十四万余石赴京。途中虽然发生过三百余艘船只"漂入高丽"(今朝鲜)境内的插曲,但他指挥若定,化险为夷,出色地完成了任务,受到道光帝的嘉勉。1827年,特旨补授苏淞镇总兵。

1834年10月,关天培受命接任广东水师提

关天培画像

督。关天培在任六年，严整军纪，精心设防，将广东海防建设得固若金汤。并且著有《筹海初集》4卷，具体叙述其用兵固防韬略。林则徐到广东禁烟后，关天培积极配合林则徐收缴、销毁英商鸦片。

1839年11月，侵华英军挑起穿鼻洋海战，时约半月，接仗六次，关天培身先士卒，把装备精良的英国侵略者打得落花流水。在以后的作战中，关天培屡创英军，大长了中国人民的志气。

1840年6月，鸦片战争正式爆发。由于清廷腐败，林则徐受到诬谤被革职。1841年1月，大角、沙角炮台相继失守。道光二十一年二月初六日(1841年2月26日)，英军大举进攻虎门诸炮台，关天培在孤军无援的绝境下，给家人寄去

血洒虎门御敌寇

——抗英将军关天培

拓展阅读
TUOZHAN
YUEDU

一个匣子，内放几枚牙齿和几套旧衣服，表示自己必死的决心。他将自己的财物全部分赠将士，决心死守阵地。他与游击麦廷章等昼夜督战。关天培亲燃大炮自上午十时至下午七时，与敌激战达十小时之久。敌人自炮台背后进攻，关天培身被数十创，犹持刀拼杀，危急时刻，他令家丁孙长庆将广东水师提督官印送走，最后英勇牺牲。

战后，孙长庆将关天培灵柩护送回籍，葬于淮安东门外。已被"革职待罪"的林则徐闻得噩耗，悲痛欲绝，愤而挥笔挽之：六载固金汤，问何人忽坏长城，孤注空教躬尽瘁；双忠同坎壈，闻异类亦钦伟节，归魂相送面如生。

联语如泣如诉，然而也锋芒毕露，矛头直指琦善等一伙卖国贼。关家收到林公挽联后，怕惹出祸端，在请人重新书写时，将上联中"问何人"改成"问何时"。现在到"关忠节公祠"内，仍然可以看到当年的挽联。

虎门威远炮台

　　威远炮台位于中国珠江出口的穿鼻洋北武山脚下，南山炮台前滩岩石正中。和镇远、靖远两炮台形成一"品"字，并与横档、永安、巩固等炮台构成鸦片战争时期虎门海防的第二重门户。炮台间系有铁链木桩于水中，阻碍敌船行驶；炮台火力交织，控制洋面，在狭长的江面上形成坚固的阵地。威远炮台总共安炮40门，曾是广东水师提督关天培和守军200人，于1841年2月26日浴血奋战的地方，至今遗迹尚存。威远炮台与镇远炮台、靖远炮台相连，是珠江咽喉的"锁喉骨"，炮台雄伟壮观，炮台平面呈半月形，全长360米，高6.2米，宽7.6米。底层均用宽厚0.3米、长1.5米的花岗岩石垒砌，顶层用三合土夯筑。全台有券顶暗炮位40个，各高2.9米，宽4.2米，深6.6米。沿台面上还有4个露天地位，每个炮位两边各有一个储蓄室。暗炮洞后面由一条2米宽的露天炮巷沟通，炮巷

血洒虎门御敌寇

后面还有一条相距2米多的护墙，墙上设有枪眼，万一敌军上岛仍可以坚持抵抗。炮台内围有官厅1座，神庙3间，兵房12间，药局1座，码头1个。原来炮台的东西两头各有券顶城门1座，控制着炮台两端唯一的通路。整座炮台背山面海，内有广阔的平地回旋，结构严谨，险要壮观。道光二十三年(1843年)曾进行维修，现大部分保存尚好。1982年被认定为全国重点文物保护单位。在威远炮台、海战博物馆上就可以看到虎门大桥的壮丽景观。鸦片战争博物馆设立了威远炮台管理所，常年向国内外游客进行开放。

虎门要塞的三重门户

清道光二十一年正月初五(1841 年 1 月 27 日)，清廷接获虎门要塞第一重门户沙角、大角炮台被占奏报，道光帝下诏对英宣战，派御前大臣、皇侄奕山(1790–1878)为靖逆将军，赴广东主持战事。英军全权代表查理·义律因琦善未在单方面公布的《穿鼻草约》上签字，又获悉清廷调兵遣将，乃先发制人，乘奕山未抵广州之机，于一月下旬向虎门要塞第二重门户进逼。第二重门户是虎门要塞最险恶的中心门户，由沙角、大角向北航7里，有上横档岛、饭箩排、下横档岛3小岛横挡来路，上横档岛上建有横档炮台、永安炮台。三岛东边为珠江主航道，主航道东侧雄踞南山(亦称武山，俗名亚娘鞋山)，建有威远、靖远、镇远炮台。西岸山上建有巩固炮台、蕉门炮台。林则徐督铸、安装了5 000 至 8 000 斤重的大炮几十门，火力可以严密封锁江面。同时，在南山与上横档岛，南山与

血洒虎门御敌寇
——抗英将军关天培

上、下横档岛间的饭箩排之间江面最窄、水深流急处，安装了两条拦江木排铁链：第一条长达 309 丈，安装大木排 36 个；第二条长 372 丈，安装大木排 44 个。拦江铁链可开可合，犹如"南大门"上两把金锁。由上横档岛再北进 5 里，又对峙着大虎山炮台和小虎山，构成虎门要塞第三重门户。但是，这些号称"金锁铜关"的防御体系尽被新任钦差大臣琦善撤除，造成海防松弛，水勇裁撤，排链冲散，各炮台守军单弱，每台不过数百人。

鸦片战争

　　1840年，英国侵略者向古老封建的中国发动了一次侵略战争。由于这次战争是英殖民主义强行向中国倾销走私鸦片引起的，所以史称"鸦片战争"。鸦片战争以后，中国开始由独立的封建国家逐步变成半殖民地半封建的国家，中华民族开始了一百多年屈辱、苦难、探索、斗争的历程。从乾隆后期开始，清朝的统治日趋衰落。清政府仍以"天朝上国"自居，虚骄自大，闭目塞听。而同一时期的欧美帝国主义列强已有长足发展，并把地域辽阔、人口众多的中国，作为他们扩大海外市场的目标。而中国自古以来是一个农业国家，自给自足的自然经济加上保守的"天朝上国"思想，一直以来中国人对外来的产品的需求很小。外国商人为摄取暴利，从华南将大量鸦片走私输入中国，鸦片的输入量由道光即位之初的每年四千余箱，到道光十八年，即鸦片战争爆发之前，已猛增

到每年四万零二百箱。鸦片的泛滥，影响了民众的身心健康，使吏治败坏，导致中国白银外流，政府财政收入短绌。道光延续自雍正以来的禁烟政策，但鸦片走私不但不见收敛，反而日益猖獗。事态的发展引起了朝野人士的警觉。

道光下令封疆大臣讨论禁烟的看法，众人对禁烟的看法不一，最终打动道光帝的是当时湖广总督林则徐的禁烟奏折。林则徐一针见血地指出：鸦片不禁，几十年后会弄得国贫民弱，"中原几无可以御敌之兵，且无可以充饷之银"。这种局面显然是道光帝无论如何也不想看到的，"兵""银"是封建统治的两大死穴。道光十八年十一月（1838年）任命林则徐为钦差大臣，赴广东查禁鸦片。林则徐1839年3月抵达广州，随即开展禁烟，严查烟贩，整顿水师，晓谕外商呈交鸦片。同年6月3日，在虎门海滩当众销毁二万余箱（二百多万斤）鸦片（他把鸦片集中于虎门的海滩，于高处筑起围栏，挖下长宽各15丈的两个大坑，灌入海水并倒进生石灰，待水沸腾后投下鸦片，使之彻底销毁）。中国的禁烟措施，遭遇英国政府的强烈反对。1840年6月（道光二十年夏），由48艘舰船（海军战舰16艘，东印度公司武装汽船4艘，运兵船1艘，运输船27艘）和陆军4 000人（爱尔兰皇家陆军第十八团；苏格兰步兵第二十六团；步兵第四十九团）、海军两三千人组成的英国远征军封锁了广州珠江口，鸦片战争爆发。清军武备废弛、不明敌情、指挥紊乱，因此屡战屡败。至道光二十二年（1842年），英殖民主义军队攻陷镇江，切断京杭大运河南北交通，继而直抵南京城下。清政府已无力再战。1842年7月24日，清政府在英军的炮口下，被迫签定了丧权辱国的《南京条约》。这是清政府第一份不平等条约，严重损害中国的主权。它规定中国割让香港岛，赔偿2 100万银元，广州、厦门、福州、宁波、上海五个口岸城市对外通商，此外英国还享有协议关税，而由于清政府官员长期以天朝自居，不熟悉国际关系，在随后的《南京条约》两个补充文件谈判中遭受了进一步的利益损失：《五口通商章程》和《虎门条约》的签订使英国得到了领事裁判权，片面最惠国待遇和开设租界等特权。

查禁鸦片

鸦片是一种毒品，俗称大烟，它是由罂粟汁提炼制成的。

随着英国非法输入鸦片的增多，吸食成瘾的人越来越多。上瘾之人往往面黄肌瘦，精神萎靡，不吸不可，很难戒掉。清道光年间，内陆18省到处都有烟馆林立。吸食者的范围之广，人数之众，都是相当惊人的。上自王公大臣，下至庶民百姓，从文武官员、绿营兵丁到商贾优伶，社会上各行各业的人当中，都有吸食者，据1835年的估计，全国吸食鸦片者约有200万以上。许多绿营兵丁都有两杆枪，一支是生锈的铁枪，一支是锃亮的烟枪，这样的队伍能有什么战斗力？

鸦片烟毒泛滥于中国，首先是破坏了中国人民的

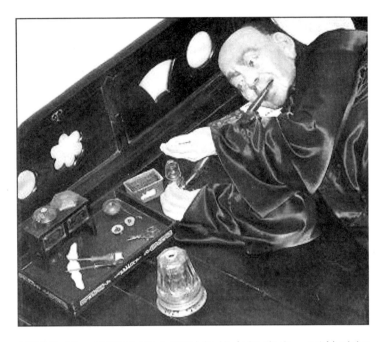

经济生活。因鸦片流入而引起的白银流出，开始破坏清朝政府的国库收支与货币流通。从 1834 年至 1839 年英国鸦片贩子向中国疯狂走私的 6 年里，白银出超年平均达到四百二十八万余两。若从 1814 年算起，中国的白银出超至少在五亿五千两以上。白银外流直接导致"银荒"。白银和铜钱的比价日趋上升。1 两白银，按清政府的规定可兑换 1 000 个铜钱；但到了 1833 年，则可兑换 1 300 多个铜钱；1839 年上涨到 1 600 多个铜钱。银价剧升扰乱了中国的货币流通。而首当其冲的则是广大的劳动人民。因为他们零星出卖自己的劳动力时，得到的是铜钱，而缴纳赋税必用银两。因此，

他们的实际负担随银价上升成同比例的增高。

　　由于鸦片泛滥中国，吸食面广，严重损害了人民的身体健康和精神生活。鸦片不仅耗财，并且伤人；不仅使人民经济贫困，还使人民身体衰弱。"上瘾"的吸食者，不可一日无鸦片，明知其害而不能控制自己。整日里靠鸦片的烟雾，营构自己的幻想世界，志气消沉，浑浑噩噩，自甘堕落。由强壮而衰弱，由衰弱而疾病，慢慢走向精神和肉体的死亡。

　　关天培目睹了鸦片吸食给人民带来的苦难，深感清王朝的根基正在日渐动摇，认为清廷若不立刻禁烟，则"国日贫，民日弱，十余年后，岂惟无可筹之饷，抑且无可用之兵"。换句话说19世纪30年代的鸦片输入，已经成为一个关系到国家民族生死存亡的重

血洒虎门御敌寇

——抗英将军关天培

大事件。鸦片的大量输入所造成的一系列社会问题引起了统治阶级内部一些有识之士的关注与忧患。这些比较官员出于巩固大清帝国万世基业的考虑，主张鸦片必须严禁，形成了严禁派。与之相反，一些吸食成瘾或利用包庇走私鸦片贪污受贿的大官僚们则反对严禁，主张弛禁。严禁派以林则徐为代表，他于1838年10月上折道光帝，尖锐地指出鸦片的危害，无情揭露鸦片受贿集团与吸食者的关系，使在严禁与弛禁间游移不定的道光帝顿时猛醒，下了严禁鸦片吸食与走私的决心，并任命林则徐为禁烟钦差大臣，前往广州禁

林则徐雕塑像

林则徐
1785-1850

血洒虎门御敌寇

——抗英将军关天培

烟。

广州是当时鸦片走私的中心，外国鸦片贩子将毒船停泊在伶仃洋，再通过中国鸦片贩子用民船或商船通过广州这一合法港口，运到中国内地。在林则徐到广州之前，关天培会同两广总督邓廷桢、广东巡抚怡良着手在广东查禁鸦片，截断鸦片的流源。他们派大鹏营和香山协二标水师，轮流到伶仃洋上堵截追拿鸦片贩子，并下令碣石、南澳临海二镇水师，注意巡防，一旦遇到外国鸦片走私船驶入，立即驱逐出去。他们在广州内外，破获了私开的窑口案件141起，拘捕烟犯345名，缴收烟枪10 158杆。

关天培始终是严禁派的坚定支持者和铁面无私的实施者。金星门洋面是美、英等鸦片贩子们的一个据点。每年南风起时，他们借口避风，将鸦片船驶入金星门内洋停泊，然后与内陆中国烟贩勾结，采取各种方法，向中国走私鸦片。主禁派邓廷桢出任两广总督后，关天培屡次建议清除金星门的鸦片船。于是，1836年冬，邓廷桢在金星门一带贴出告示，禁止在此处停泊洋船、进行非法交易。

1837年春，关天培派调巡洋舟师，布置在金星门内。无论任何内地船，都不许靠近趸船。并事先密备大船，准备火攻违令洋船。英、美鸦片贩子闻听中国

朱欄畫槛最高樓
海色天容萬象收
海底魚龍應變化
天中雲雨每蒸浮
無波不具全潮勢
此日真成廣漢游
仙客釣鼇非我意
憑軒惟是羡安流

水师的部署后，不敢擅泊金星门。金星门一带"无夷片帆驶来"。

1837年底，关天培协助邓廷桢在大屿山口的急水洋面，擒获了正在进行交易的鸦片贩子郭康等26人，收缴烟土数百斤，赃款万余两，一举捣毁了郭亚平开设5年之久的鸦片窑口。

禁绝鸦片，代表着中华民族的利益与要求。广东水师在关天培的领导下，始终战斗在禁烟捕贩的第一线。1839年初主张禁烟的林则徐将赴广州查禁鸦片走私的消息传出后，关天培异常兴奋。他摩拳擦掌，准备助林一臂之力，以表达他深恨鸦片、反对外来侵略的坚强决心。林则徐抵达广州后，关天培积极与之配合，全力以赴，任劳任怨，很快就被林则徐倚为最得力的助手。一些史书记载说他"晓畅兵法，智勇兼全，林甚引为知心，时共计议堵御"。

共同的追求，共同的爱好，把这两颗年近花甲的心联结在一起，随着中华民族的禁烟大业搏动。他献计献策，林则徐的每项禁烟措施，几乎都有关天培的参与策划；他身体力行，坚决执行林则徐制定的禁烟措施，站在反抗外来侵略的第一线。

1839年3月10日，林则徐来到了广州。关天培与邓廷桢、怡良一起，亲自到接官亭迎接。这两位昔日的老友在这里又见面了。当年在江苏，关天培任江苏太湖营水师副将时，林则徐为江苏按察使，两人曾共同治理过水灾，赈济过难民，合作得非常愉快。此次相逢在祖国南疆，二人都十分感慨，决心同心合力，共挽狂澜。

关天培带领林则徐参观了虎门要塞的设施，林则徐非常高兴，并支持关天培对虎门第二道防线进一步扩建。林则徐看到关天培筹建的海防设施如此坚固，广东水师如此精练，对关天培的军事才能和兢兢业业、事事躬亲的态度大加赞扬，称他为南海的"长城"、禁烟的保障。林则徐到任后，在关天培的陪同下，对鸦片船经常出没的地方进行调查。

他与关天培乘坐师船观看虎门防务及水路特征，鉴于鸦片贩子时隐时现的特点，命关天培分派兵哨各船在伶仃洋一带按月巡逻堵截，"无论内地何项船只若接近夷船，概行追击，若其敢逞凶拒捕，一律格杀勿论"。

在充分掌握广东方面有关鸦片的情况后，在关天培等人的支持下，林则徐下令查封广州所有的烟馆。3月18日，林则徐、邓廷桢、关天培等坐堂传讯垄断对

外贸易的十三洋行商人。这些行商一贯帮助外商贩卖鸦片，走漏白银，探听消息，进行贿赂，从中牟取暴利。林则徐严厉斥责了他们的罪行。要他们立即"逐一核实供明，以凭按律核办"。并要他们把禁止走私鸦片布告带回洋馆，向外商宣读，要外商3日内缴出所有的鸦片，不得有丝毫隐瞒，并要外商写下"永不敢挟带鸦片，如有挟带鸦片，一经查出，货尽没官，人即正法"的书面保证。他毅然决然地表示："若鸦片一日不绝，本大臣一日不回，誓与此事相始终，断无中

止之理。"并严正地警告外商：倘若"不知悔改，唯利是图，非但水陆官兵，军威壮盛，即号召民间丁壮、已足制其命而有余"。

为了保持其罪恶的鸦片贸易，英国驻中国商务监督义律亲自策划破坏中国的禁烟运动。3月21日，林则徐提出的外商呈报所存鸦片的3天限期已满。义律便支使英国烟贩用搪塞手段敷衍，企图蒙混过关。他们只报所存鸦片1 037箱，并虚伪地表示要和鸦片交易割断关系。他们认为这样已给足了钦差大臣的面子，以后只要贿赂一下，问题就解决了。林则徐并没有被英国侵略者

虎门销烟

林则徐于1839年3月到达广州。林则徐与邓廷桢，在人民群众的支持帮助下，整顿海防，严拿烟贩，惩处受贿的水师官员，并且通过多方面的调查，掌握内幕情况。与此同时，他对外国鸦片贩子也采取严厉的措施，责令外商将趸船上所存的鸦片，造具清册，听候收缴，并声明嗣后来船永不敢夹带鸦片，如有带来，一经查出，货即没收，人即正法。林则徐坚决表示，"若鸦片一日未绝，本大臣一日不回，誓与此事相始终，断无中止之理。"最后，英国鸦片贩子被迫缴出二万余箱。美国烟贩缴出1 500余箱。

1839年6月3日至25日，林则徐主持在虎门海滩销毁收缴的鸦片，使禁烟运动达到最高潮。这就是中国近代史上著名的"虎门销烟"。

血洒虎门御敌寇

——抗英将军关天培

这种狡猾的伎俩所欺骗。他早派关天培侦知，在伶仃洋面的英国趸船有22只之多，若按每艘装1 000箱鸦片计，少说也有2万余箱。义律如此对待禁烟，戏弄天朝官员，是绝对不能容忍的。

3月22日，林则徐传讯英国最大的鸦片贩子颠地，认定他是烟贩中的首恶，断难姑容。林则徐让十三行传谕洋商及洋人等，"以本大臣奉命来此查办鸦片，法在必须，速将颠地一犯交出，听候审判"。颠地自知罪行重大，不敢见林则徐。

3月24日，义律看到林则徐动真格的了，便气急败坏地从澳门跑到广州商馆，对林则徐采取恫吓强硬的态度，他"确信坚定的语调和态度会抑制广东省当局的气焰"，拒不交出颠地，并准备帮其逃跑，同时命

令伶仃洋面的趸船开走，摆出战争的姿态。但林则徐、关天培等早知他有此手段，早于23日夜，关天培便亲率水师起赴伶仃洋，将22只趸船全部截住。在沿海群众的帮助下，抓住了化装潜逃的鸦片贩子颠地。

　　这22只趸船是去年来到广州附近洋面的。由于沿海各口防御甚严，难于发售携来的鸦片。这鸦片既然运来，鸦片贩子们就不想再运回去。他们千方百计寻求机会出售鸦片。林则徐没有采取历任官员们将其驱逐了事的态度，而是本着中华民族的利益，准备收缴船上的鸦片。当闻听关天培已将趸船截住的快报后，非常兴奋，立即命其将趸船押回广东虎门，准备将其

血洒虎门御敌寇
——抗英将军关天培

收缴。为了打击义律的气焰，林则徐下令将所有停泊在黄浦港里的鸦片货船全部封舱，停止中英贸易。关天培亦调派水师，严密防范洋馆区，不许外商出入，撤退洋馆里受外商雇用的全部中国人，断绝了洋馆与趸船的交通。320名鸦片贩子被封闭在商馆中，被限令交出鸦片。如再不交，必处以严刑重罚。在不屈不挠、无所畏惧的中国人面前，义律走到了山穷水尽的地步，他不得不在3月28日禀呈林则徐："愿意严格地负责，忠诚而迅速地呈缴英商所有的鸦片20 283箱。"

1839年4月11日，天空晴朗，万里无云。碧蓝的大海风平浪静。关天培率领水师官兵，全副武装地坐上战舰出发了。鸦片的收缴工作开始了。林则徐和两广总督邓廷桢也亲自来到虎门，参加验缴工作。只见虎门要塞戒备森严，士兵们个个严肃认真地坚守着自己的岗位。炮手们已将炮弹上膛，瞄准海面，准备随时打击来犯之敌。关天培带领水师舰队押送英国鸦片船到虎门口外。舰上的士兵们个个虎视眈眈，怒视着那些万分可恶的鸦片贩子。英国鸦片船主见广东水师如此声势，个个战战兢兢，乖乖地听从关天培的调遣，规规矩矩地将鸦片船开到了虎门口外。

直到5月28日，22只鸦片船上的鸦片才全部收缴完毕。在这一个多月里，关天培日夜驻守在虎门要塞上。这位年过花甲的老将不顾疲劳，风里来，雨里往，认真地检查验缴的每一个环节，以及工事上的每一门大炮、舰队的每一艘军舰及每一岗位的士兵，难得睡上一夜安稳觉。困极了，他便在公署或其他什么地方睡一会；吃饭也是饥一顿；饱一顿，赶在哪便在哪吃上一口。在关天培的认真负责下，二万多箱鸦片平安地运到了虎门太平镇，没出任何差错。

1839年6月3日，这是一个非常值得纪念的日子，林则徐在虎门销毁鸦片。广州附近的虎门海口人山人海，把两个长宽各15丈的硝烟池围得水泄不通。港湾里，关天培指挥水师数十艘战船，排成威武阵势。下午2时，关天培陪同林则徐登上虎门海滩的礼台，在隆隆的礼炮声中，开始了中国历史上近百年来反侵略斗争史的第一页光耀篇章。它向全世界表明了中国人民反抗外来侵略的坚强意志。

从6月3日至6月25日，虎门销烟持续了二十多个日夜。在这中国历史上激动人心的日子里，关天培始终站在林则徐身旁，帮助他在中国近代史上写下壮丽的一页。

1839年11月2日，英国海军驻华司令士密率领英舰"窝拉疑"号和"海阿新"号窜抵穿鼻洋海面，并驶入沙角，向关天培递送一封他给钦差大臣林则徐的

信，信中要求林则徐收回命令，允许英商及家眷住在澳门，并要恢复一切供应。林则徐义正词严地拒绝了士密的无理要求。3日，关天培派人将士密的信原件退回，士密接到信后，大为恼火，决定立即对中国进行报复。

这天上午，关天培正率领水师在穿鼻洋面巡防稽查。这时，远远看见英船"窝拉疑"号驶近中国船队。当双方接近的时候，士密派人将那封信又送给关天培，并威胁关天培说：

"提督大人，快把你们的船开回沙角去吧，别在这里开来开去的，否则你会后悔的。"

这时，义律也从"窝拉疑"号舰舱中走了出来，趾高气扬地说：

"提督大人，快把你们的破船队开回去吧，一会儿我们发怒了，你们将被扔下海喂鱼的。"

看到英国侵略者的嚣张样儿，关天培肺都要气炸了，他愤怒地说道：

"你们这帮强盗，这是中国的地方，凭什么让我们回去，该回去的应该是你们。还有，你们的水兵上陆胡作非为，打死了我村民林维喜，你们快把凶手交出来，这样，我还可以考虑考虑你们的要求，否则，绝对不可能。"

义律嬉皮笑脸地说：

"提督大人，不要生气嘛！我不早就说过不知道是谁杀害了林维喜，如果要是查出谁是凶手，我一定惩办他。"

双方舌战一会儿，"窝拉疑"号开走了，关天培率领水师继续巡逻。

中午时分，已经写过保证书的英国商船"皇家萨克逊"号，在中国引水的导航下，开到穿鼻洋面，准备报关入口，上岸贸易。忽然，士密率领"窝拉疑"号和"海阿新"号横穿过来，用大炮对着"皇家萨克逊"号，大声喊道：

"回去，快给我开回去，否则我就用大炮把你打碎！"

船主看到海军司令发了火，只好悻悻地把船掉头往回开了。

这时，关天培率领的水师正好巡逻至此，关天培不知道发生了什么事，正要派人去查问一下，忽然，"轰"的一声，"窝拉疑"号乘关天培不注意，向水师开了一炮。炮弹正落在提标左营二号艇的火药舱上，船顿时燃烧起来，当场烧死6名中国水手。关天培见状，双眼充满怒火，"噌"的一声把腰刀抽出，挥刀大声吼着：

"官兵们，给我狠狠地打！"

只见关天培威严地挺立在桅杆前，镇定地指挥着。

红彝大炮破浪来，狮子洋外声如雷。

虎门将军壮谬裔，报国丹心指天誓。

兵单乞援援不至，南八男儿空洒涕。

贼来蚝境窥虎门，海水腾沸焚飙轮。

挥刀赴南惟亲军，一死无地招忠魂。

这是一首描绘鸦片战争中清军将士保卫虎门的诗篇。诗里歌颂的那位丹心报国、挥刀赴难的爱国将领就是关天培，时任广东水师提督。他在奸权卖国、门户洞开的情况下，孤军守虎门，血染战袍，抗击英国侵略者，最后以身殉国，名垂青史。

——抗英将军关天培

血洒虎门御敌寇

中国水师官兵在关天培的指挥下，奋勇抗击着英国侵略者。由于中国舰船较小，大炮不能自由地上升下降，所射炮弹偏高，命中率较低。这时，英舰"海阿新"号绕到"窝拉疑"号后边，猛烈地向关天培乘坐的师船攻击。忽然一发炮弹从关天培身边的桅杆边飞过，桅杆被击落一大块，正砸在关天培的手臂上，战刀被击落地，鲜血从手臂上淌了下来。关天培将流血的手臂在衣服上擦了擦，拿起战刀，继续指挥战斗。

提督大人奋不顾身的精神深深感动了广大官兵，他们快速地将一发发愤怒的炮弹射向侵略者。"轰"的一声巨响，船上的一门三千斤铜炮击中了"窝拉疑"号船头上系帆索的头鼻，上面拉帆索的几十名水兵，纷纷跌进大海。接着，其他水师船也集中进攻"窝拉疑"号，击破了该船的后楼，打穿了它的左右舱，敌

船帆斜旗落。又有几个水手掉进海里，甲板上的敌人乱成一团。敌舰见情况不妙，只好仓皇地逃掉了。"海阿新"号在激战中也挨了几炮，主帅逃跑后，便也随"窝拉疑"号，向海面远处逃去。

战后，连外国人对关天培的勇敢精神都表示赞扬，亲切地称他为"穿鼻英雄"。邓廷桢也写诗赞扬他："万里南交资坐镇，侧闻草木尽知名。"也有人把他比作是明朝抗倭将领戚继光。

英国侵略者对他们的失败没有善罢甘休，他们重整旗鼓，再次向广东水师发动进攻。11月4日，敌人将武装商船一字排开，向广东水师官涌山发动猛烈的轰击。守将陈连升在关天培指挥部署下，已经作好了一切杀敌准备。当敌人发动进攻时，他们以加倍的火

力还击，由于他们在高处，占有地形优势，很快便将敌人打得鬼哭狼嚎，抱头鼠窜了。

11月8日，敌人再次向官涌山发动进攻。这次敌人耍了个新花招，采取正面炮击和侧面偷袭的战术，一只敌舰开到官涌山正面，发炮攻击，企图吸引山上的驻军。同时，另用小船从侧面乘潮上岸，百余名敌人持枪上岗，企图强行冲上山头。关天培没有被敌人的战术所迷惑，指挥着士兵一面从正面还击，一面派兵下山截击，用大刀、木棍同敌人展开肉搏战。守军英勇顽强，以一当十，再次打败敌人的进攻。

从11月4日到13日，关天培指挥水师官兵打败英国侵略者的6次进攻，给英国侵略者以沉重的打击，从此，英国侵略者不敢靠岸，他们害怕与广东水师交手，只好寄泊在外洋了。

敌人是被打退了，可是广东有着漫长的海岸线，敌人随时都可能对其他地方发动进攻，只靠有限的水师兵力进行防守是不够的。怎么办呢？关天培与林则徐进行了认真的商量，他们相信群众的力量，决定在群众中招募水勇，对他们进行训练，这样就可以弥补水师兵力之不足。

一天，在广州商馆广场上举行招募水勇的仪式，广场上人山人海，群情激昂。关天培和林则徐等都亲自参加了招募仪式。应募的人要表演凫水和潜游的技能，在岸上，每人要用双手将地上100斤重的石担举到头上，两臂挺直，保持原有姿势数秒钟，然后放下。合格者发给一块腰牌，作为水勇的凭证。

关天培将招募来的水勇集合起来，进行严格认真的训练。在训练场上，有的水勇练习刀法，挥刀如飞；有的练习刺击劈削的技能，个个龙腾虎跃，非常威武。关天培还教水勇们夜袭火攻之法。这些青年水性非常好，走波涛如平地，他们满怀着对侵略者的刻骨仇恨，勤学苦练，很快便掌握了杀敌的本领，成为水上作战的一支重要力量。

英国侵略者被关天培率领的水师打得逃到外洋，

炮
口

他们便利用鸦片的巨利来引诱中国鸦片贩子。这些
鸦片贩子为了获得金钱，置国家与民族于不顾，用
民船或商船给外国侵略者送去食物、淡水等给养，
从英国鸦片船上换买鸦片。义律等看到在外洋停泊
仍可以进行鸦片贸易，并且给养充足，便又趾高气
扬起来。

　　面对这种情况，关天培和林则徐都非常着急，他
们知道，水师的船小炮旧，不适合外洋作战，怎么办
呢？他们两人商议，决定采取火攻战术。火攻就是组
织水勇与水师密切配合，驾驶装满柴草、油料、火药
的船只，在白天，将火攻船驶到岛屿或海湾隐蔽处埋
伏起来，于深夜悄悄靠近敌船，用长钉牢牢钉住，将

敌船彻底烧毁。水师规定，烧毁一只汉奸船，就给一船的奖赏，烧毁英国船，加倍重赏。

1840年2月29日夜，天格外的黑，伸手不见五指，海面上西南风呼呼地刮着，关天培率领水师官兵和水勇们开始行动了。关天培把队伍分成四小队，埋伏在上濠、下濠、屯门和长沙湾等处。关天培庄严地举起火把，向各船发出了进攻的信号。各船悄悄地疾速驶向长沙湾英船寄泊之处，出其不意，一齐发火。他们将喷筒、火罐等愤怒地扔到敌船上，火借风力，风助火威，霎那间，敌船燃烧起来，火光冲天，浓烟滚滚，敌人烧得鬼哭狼嚎，这里仿佛成了人间地狱。这一仗打得十分漂亮，水师和水勇无一丝一毫的损失，却烧毁敌船23只、附近海滩上的篷寮六间，烧死和淹死了许多敌人，

血洒虎门御敌寇

——抗英将军关天培

还俘虏了十名穿着英国人衣服的内奸，大获全胜。士兵们奏着胜利的凯歌，挥师返航了。

火攻战术吓得英国侵略者魂飞胆丧，惶惶不可终日，他们带领着舰船在外洋上东躲西藏，深怕被水师给烧了。敌人越怕，关天培他们就越积极，他们密切注视敌船的活动，只要一有机会，便给敌人放把火。从2月29日至6月13日，关天培率领水师和水勇先后进行四次火攻，极大地打击了英国侵略者。为此，道光皇帝称赞："提督关天培奋勇直前，身先士卒，可嘉之至！着赏给'法福灵阿巴图鲁'名号。"

鸦片战争时期中国社会的基本特点

鸦片战争前夕的中国，虽说已到了封建末世，新的社会因素渐多地进行了量的积累，在一定程度上呈现一种新旧交互渗透的过渡性状况。但是总的看来，社会的旧格局、旧面貌基本保持着。地主阶级与农民阶级之间的矛盾，依然是社会的主要矛盾，并且这种矛盾较之前更严重激化，封建统治面临危机。资本主义萌芽有所增长，但封建制度没有改变。从18世纪下半叶开始，清王朝已经走上衰败的道路，政治黑暗，国防薄弱，财政拮据，国势日衰，到了19世纪以后，嘉庆、道光王朝更呈江河日下之势。

落后的经济

统治中国的清王朝，经过"康乾盛世"后，已进入了危机四伏的"衰世"。小农业和家庭手工业相结合的自给自足的自然经济，仍在全国占据主导地位。土地兼并的现象十分严重，大量耕地集中在贵族、地主手中，皇帝是全国最

大的地主。据嘉庆十七年(1812年)统计，皇帝直接或间接掌握的土地达83万顷。乾嘉之际的权臣和坤就占田8 000余顷。道光年间的大官僚琦善则有地252顷。占全国人口绝大多数的农民，只有很少或者完全没有土地。广大农民在封建地租、赋税、徭役和高利贷的重重盘剥下，陷于贫困破产和流离失所的悲惨境地。农民阶级同地主阶级之间的矛盾，是当时社会的主要矛盾。

腐败的政治

清王朝高度集权的君主专制制度已腐朽不堪。皇帝专横独断，骄妄自大，沉醉在"天朝上国"的美梦之中。一般封疆大吏愚昧闭塞，官场贪污成风，吏治败坏。乾嘉以来，清政府从中央到地方的高级官僚当中，多次揭露出惊人的贪污案件，这不过是因统治集团内部矛盾而揭发出来的一小部分丑闻而已。当时有人将清朝皇帝查办贪污案讽刺为"宰肥鸭"。贪污在清统治集团中成为不可遏制的一种流行病。结党营私，在当时统治集团中也形成恶劣的风气。

废弛的军事

鸦片战争前夕，清朝的八旗兵和绿营兵编制上虽有八九十万人，但缺额甚多，武器落后，其装备水平与清朝早期相比反而有所退步。而且军务废弛，缺乏训练，军纪败坏，国防力量十分虚弱，每年消耗饷银二千万两以上（占当时清朝年财政收入的将近一半），都到了腐朽不堪的程度。

沉闷的思想文化

清朝统治者还实行严酷的文化专制政策，沿用八股取士的科举制。大力提倡空疏的宋学（即理学）和脱离实际的汉学，并大兴文字狱，钳制和禁锢士人的思想。当时思想界处于一种相当麻木、压抑和沉闷的氛围中。

闭关自守的对外关系

鸦片战争以前，尽管清王朝保持比资本主义制度落后了一个时代的封建制度，尽管它已经相当的没落腐败，但是，它却是一个拥有主权的独立国家，还没有被外国控制。清王朝采取的对外关系政策是"闭关锁国"。"闭关锁国"政策肇端于明朝的"海禁"，是明、清某些时候实行过的一种政策，闭关锁国政策既有前后联系、一脉相承的一面，又有在不同的时候，实施的背景、目的、具体内容、办法各不相同的一面，所以应作具体分析。乾隆以后的闭关锁国政策，也就是限广州一口通商。清统治者把闭关锁国政策当作外交的武器来使用，无异于一个人舞纸剑而自诩英雄。闭关锁国政策也的确在一定程度上限制了外国人，但是从长远、从全局来看，这一政策，没有也不可能起到抵制殖民侵略的积极作用，反而限制了自己自身发展，到头来是作茧自缚了。所以从根本上说这是一项消极的、落后的、错误的政策。闭关锁国的主要原因：（1）清朝统治者坚持以农为本的传统观念。压抑、限制民间工商业的发展。由于自给自足的封建经济稳定，他们认为天朝物产丰富，无所不有，无须同外国进行经济交流。（2）当时西方的殖民者正向东方扩展势力，清朝统治者担心国家的领土主权受到外国侵犯，又害怕沿海人民同外国人交往，会危及自己的统治。

——抗英将军关天培

血洒虎门御敌寇

鸦片战争给中国带来的危害

中英的正常贸易发生了变化

通过鸦片贸易英国在对华贸易中变入超为出超，变劣势为优势，中国变出超为入超，变优势为劣势，原来英国在广州贸易中亏损，"1821年英商运至广州的天鹅绒、剪绒、印花布亏本60%以上，1826年增入的棉布也亏本10%左右。东印度公司在广州的整个进口生意中，几乎没有一年不亏本的"。但是鸦片贸易却给东印度公司、英属印度殖民地政府和鸦片贩子带来了巨大利益。中英的正常贸易发生了变化。

破坏了中国金融的平衡

鸦片战争前夕，中国每年的白银外流量起码在一千万两以上。白银大量外流又引起了一连串的社会恶果：最直接的是造成银贵钱贱。当时清朝实行的是银钱并用的双轨制，白银外流、国内缺少使得银钱比价变动，例如1794年白银一两兑换铜钱一千文，到1838年时就需一千六七十文铜钱，而向政府纳赋税时须折成白银，这样他们实际上要多交百分之六七的赋税，大大增加了负担，受剥削更重了；由于银价上涨，各省拖欠的赋税也就日益增多，这样也造成了清政府的财政危机。

加深了清廷统治机构的腐败

鸦片战争前夕有人估计，在京官中有十分之一二、地方官中有十分之二三吸食鸦片，至于"刑名，钱谷之幕友，则有十分之五六，长随，胥吏更不可胜计"。正如马克思所说："浸透了天朝的整个官僚体系和破坏了宗法制度支柱的营私舞弊行为，同鸦片烟箱一起从停泊在黄埔的英国趸船偷偷运进了天朝。"（《马克思恩格斯选集》第2卷）统治者营私舞弊，中饱私囊，任意挥霍，最终必然是加重人民的负担，激化阶级矛盾，这样就更加重了清朝的危机。

鸦片损害了中国人的健康。从上至下吸食鸦片的人日增，鸦片的吸食者当中，也不仅是统治阶级及其附属者群体，也有些下层劳动者。

他们本无吸食鸦片的经济条件，然而一失足便不易自拔，染上烟瘾后不但身体受损，甚至完全丧失了劳动能力，而且往往伴随着品质、道德的沦丧。鸦片在当时对中华民族身心的危害是无法计量的。

抽鸦片的工具

穿鼻之战

1839 年 11 月 3 日两艘英舰在穿鼻洋（广州虎门口外）挑衅，炮击已经向林则徐具结的英国商船，阻止其驶向广州，强令其折返。时值清广东水师提督关天培率师船正在穿鼻洋面巡逻。英舰"窝拉疑"号率先突然向师船开炮。关天培率军英勇抗击，双方在海面击战约两小时，关天培所在的指挥舰首先击中"窝拉疑"号，接着将其"头鼻"打断。与此同时，清水师提标左营游击麦廷章积极协同，随后击中该舰后楼。英军另一舰"海阿新"号见势不妙，始终不敢参战。最后英军败退。

穿鼻之战后，英军不甘失败，在不到 10 天的时间里，对官涌山炮台发动了 6 次攻击，企图占领炮台，控制尖沙嘴洋面，与我广东水师抗衡。官涌系九龙尖沙嘴以北的一座山，山势险要，为兵家必争之地。而尖沙嘴洋面群山环抱，浪静风恬。英国侵略者早想在此筑巢，而鸦片

贩子也早就集中于此，猖狂走私。穿鼻之战后，关天培料到敌会来此捣乱，便在尖沙嘴一带，择要扎营，固垒深沟，时加防范，严阵以待。

果不出所料，英国侵略者从11月4日至11月13日间，发起了6次官涌之战。根据林则徐的奏折记载，第一次，英军爬上官涌山坡窥视，被守将陈连升击退；第二次，夷船排列海面，齐向官涌营盘开炮，仰攻数次，中国军队居高临下，回击敌军；第三次，夷兵大船在正面开炮，而小船抄赴旁边，乘潮上岸，有百余人冲上山岗，守军出营接战，击退敌军；第四次，中国军队又将窜到官涌东面的夷船击伤。

11月11日，关天培调集水师，亲自率领，发起了对敌军的攻击。"中国军队五路大炮重叠轰击，遥闻撞破敌船舱之声，不绝于耳。该夷初犹开炮抵抗，迨一两小时后，只听咿哑叫喊，竟无回击之暇，各船灯灯，一时熄灭弃船潜逃。第二日天明，了望约已逃去其半，有双桅三板一只，在洋面半沉半浮，余船十余只退远停泊。"

　　11月13日，敌舰重犯官涌，关天培调动5路人马，奔赴山梁，待敌进入大炮射程后，众炮齐发，猛轰头船。敌舰中炮，伤亡无数。后边的敌舰，未放一炮，便掉头逃遁。

　　在官涌山的6次反击战中，训练有素的广东水师，在关天培的指挥下，屡战屡胜，声威大震。清政府嘉奖他"奋勇直前，身先士卒"并授以他"法福灵阿巴图鲁"的称号。海防的巩固、水师的精良，有力地保证了禁烟运动的开展，打击了侵略者的嚣张气焰。曾经叫喊着"由大小不同的1 000艘船只组成的整个中国舰队，都抵御不了一艘英国的战舰"的侵略者，在关天培领导的广东水师面前，看清了中国舰队的作战能力。

血洒虎门御敌寇
——抗英将军关天培

血洒南疆

中国的禁烟消息传到英国，英国资产阶级为损失巨利而大为恼火，他们声嘶力竭地叫嚣对中国要采取"强有力的行动"，派海军少将懿律为海陆联军总司令，率领48艘战舰和四千余名士兵，悍然发动侵华战争。1840年6月21日，英国军舰在广东海面集结，28日封锁了珠江口，震惊世界的第一次鸦片战争爆发了。

战争的乌云笼罩着中国南海，关天培率领广大士兵进入一级战备状态。他们壁垒森严，严阵以待。虎门内外炮台战船严阵以待，三千余名官兵磨刀擦枪，随时准备战斗。尖沙嘴、官涌山附近八百多士兵扼守着山梁，严防敌人的侵犯。关天培见敌人来犯之势，便和林则徐商量退敌之策，根据敌我力量及优劣比较，决定采取"以守为战，以逸待劳"的战略战术，固守虎门。为了进一步加强虎门的防御力量，在虎门又增置二三百门大炮，随时准备消灭来犯之敌。

英国侵略者又北上侵犯时，关天培和林则徐在广州则寻找机会，打击留在广东的侵略者。

当英国侵略者攻占了定海的消息传到广东后，留在广东海面的英军也蠢蠢欲动。8月19日，英国侵略军在士密指挥下，乘"进取"号等舰出其不意地偷袭关闸炮台。中国官兵进行英勇还击，但由于敌强我弱，损失较大。敌人占领炮台，轰毁关闸界墙后，又把炮台大炮的火门给塞住，并放火烧了棚房，然后趁潮而去。

侵略者的行动引起了中国官兵的极大愤怒，关天培和林则徐商议，决定派广东水师舰船追敌船至外洋，给英军以打击。

关天培先派少量水师舰船到外洋侦察英军舰船的去向，发现英舰都聚集在磨刀外洋，关天培和林则徐制订了水师合剿英军于磨刀洋的作战方案。

8月28日，水师舰船都在沙角等待命令，关天培和林则徐来到沙角，给士兵们作了战前总动员。关天培慷慨激昂地说道：

"士兵们，英国侵略军已经打到我们的家门了，他们占领定海还不满足，还想侵吞我们广州，我们能答应吗？不，决不能答应。只要我广大水师在，决不能让侵略者踏进广东半步！"

士兵们群情激愤，高声呼喊着，个个摩拳擦掌，准备狠狠地打击侵略者。广大水师开始出洋作战了。

31日，出洋水师在冷水角看见一只英军火轮船驶进龙鼓海面，当即派出兵勇跟踪追击，英军火轮船腰

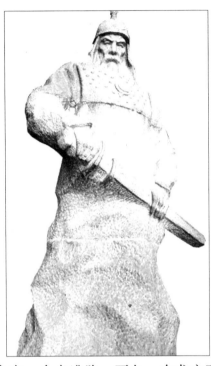

陈连升雕塑

部被炮火击中，仓皇逃跑。不久，在龙穴西南海面发现一艘英舰，在东面还有四艘英舰和舢板船五只，水师急忙转舵，赴向龙穴。双方在矾石洋上相遇，炮战开始了。水师首先向英舰"架历"号开炮。只听得"轰"的一声巨响，"架历"号的头鼻被打坏，舰上的敌人嚎叫着，滚落大海。"架历"号的炮弹已经用尽，水师官兵正想夺下此舰，其他英舰慌忙赶来拼死救援，师船只好舍去"架历"号，进行回击。战斗一直进行到天黑，这次海战，英舰受创不轻，有数十名英军被击毙，使英国侵略者受到了沉重的打击。

1840年11月29日，清朝新派的钦差大臣、署两广总督琦善到达广州，英国侵略者的舰船又返回广东海面，虎门口外，战云密布。侵略者在广东海面上耀武扬威，目的是想威胁琦善，让他在和谈中作出更大的让步。而琦善早已被侵略者的"虎威"吓坏了，一到广州，就下令关天培裁去水师兵船三分之二，遣散全部水勇，毁掉虎门的排练和暗桩等海口防御工事。关天培接到琦善的命令后，看到自己多年来苦心经营日夜守卫的防御工事即将毁于一旦，和自己并肩作战、屡立战功的水勇就要离去，心情非常痛苦。他想到：如果执行琦善的命令，今后敌人来犯，虎门将无要可守，也没有多少可以打仗的兵了。想到这里，他决定到钦差大人的府邸，请求琦善收回成命。

　　关天培来到琦善的府邸，这位年逾花甲的老将为了祖国，为了民族，在琦善面前跪下千金之躯，眼含泪水地请求道：

　　"钦差大人，虎门的设施不能拆，水师兵船不能裁，水勇不能散啊！这些英国洋鬼子出尔反尔，虽然可以暂时和您议和，但随时都可能用武力攻打我们，到那时，我们凭什么还击呀！那时，人为刀俎，我为鱼肉，只好任人宰割了。钦差大人，下官求您收回成命，和我们共同抗击英军，那么，和谈也会有后盾

拓展阅读
TUOZHAN
YUEDU

　　关天培精忠报国、不避弓矢的精神，受到了朝野上下的一致好评。他的老上司、亲密战友林则徐写了这样一首诗赠予关天培，表达了他对这位爱国老将的敬佩之情：

功高靖海长城倚，
心切循陔老圃知。
浥露英含堂壮树，
傲霜花艳岭南枝。

啊!"

琦善听了关天培的话,很恼火,他大声呵斥关天培,说道:

"都是你们这些好战之徒,惹怒了洋人,给皇帝招来麻烦。你们不认真思过,还要求再战,简直是岂有此理!"

关天培见善琦不答应,苦苦地求着,琦善愤愤地站起来,说道:

"你是钦差大臣,还是我是钦差大臣,难道还让我听你的吗?"

说罢,拂袖而去。关天培也强压着怒火,回官署去了。

琦善对侵略者卑躬屈膝,一味地退让。他让英国人到虎门内察看地形,探测内河等,使虎门设施完全暴露在敌人面前。关天培率领剩下的水师官兵日夜坚守着阵地,准备随时与敌人同归于尽。

1841年1月7日,英国侵略军调集二十余艘军舰,对虎门发动了猖狂的进攻。敌人兵分三路,袭击虎门的第一道门户——沙角和大角炮台。两队英舰分别从正面炮击沙角和大角炮台,又用轮船将英军陆战队一千四百多人运到穿鼻湾登陆,抢占沙角炮台后山。上午8点半,激战开始了,前面英舰的大炮向沙角和大

关天培画像

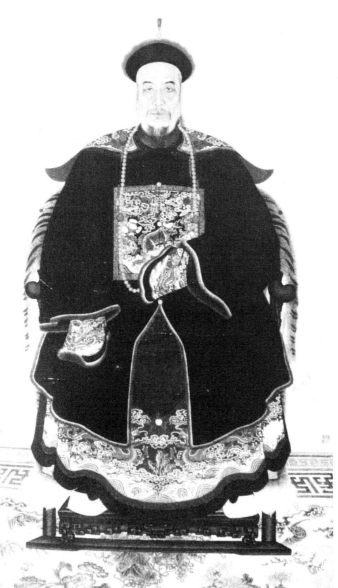

角炮台猛烈轰击着，背后，英军陆战队从穿鼻湾蜂拥而上，炮台危在旦夕。关天培此时驻守在靖远炮台，知道情况后，心急如焚，但实在无力援助，只好眼睁睁地看着炮台被敌人占领了。炮台守将陈连升在孤立无援、背腹受敌的危机关头，率领炮台上的600名官兵奋勇抵抗着。

面对英军的进攻，陈连升断然蔑视琦善"不准开炮还击"的命令，指挥全体官兵坚守阵地，奋勇还击。同时派人飞书求援。但琦善对陈连升的告急文书，束之高阁，不理不问，拒发一兵一卒。在前有强敌、后无援师的不利情况下，他遵守关天培提出的"以守为攻，以逸待劳"的作战原则，率领军民日夜坚守沙角

关天培的宝剑

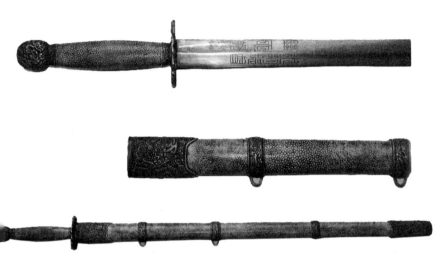

炮台。英军自恃人多势重，攻破了防守较弱的大角炮台后，又集中火力，攻击陈连升防守的沙角炮台。陈连升与其子陈举鹏率领600守兵英勇还击。敌人眼看正面攻不下来，就派出陆战队，从后山的穿鼻湾绕道突袭南面的阵地。陈连升立即组织反击，以地雷、木石、杠炮连续数次打退了用竹梯爬上来的敌兵，歼敌数百人。激战到傍晚，炮弹和火药用尽，英军趁清军火力减弱之际，偷偷烧毁了水师兵船，随后与后山包抄上来的英军会合。此时，沙角炮台已处在英军的包围之中，情势万分危急。但陈连升和将士们毫不畏怯，继续奋勇抵抗，英军从前后左右蜂拥而上。陈连升骑在马上，拔剑高呼："壮士们，父老兄弟们，为国捐躯的时候到了，中国的土地决不能让夷人蹂躏。"官兵们在他的鼓励下齐声高呼："愿与将军同生死，誓与炮台共存亡。"他们弯弓搭箭，一连射死数十名敌兵，敌人纷纷后退。箭用完后，敌人又发起进攻。陈连升抡起利剑大吼一声，数百名士兵向合围的敌人冲去，展开了一场肉搏战。敌人措手不及，被英勇的守兵们刀劈剑刺，死伤无数。后面的敌人纷纷使用洋枪，一时间枪弹像飞蝗一般向陈连升射来。陈连升中弹落马，鲜血染红了战袍。他圆睁虎目，强行挣扎爬起，使出全力，将利剑掷向敌人的胸口。

陈连升，"生持利剑呼砍贼，死守函关誓化泥"，终因寡不敌众，壮烈殉国，谱写了虎门保卫战的序曲。

沙角一战，英军损失惨重。他们占领炮台后，找到陈连升的尸体，一块一块地切割，发泄他们对勇士的愤慨，手段残忍，令人发指。

关天培闻听沙角炮台失守，陈连升父子以身殉国，禁不住老泪横流，悲怆万分。龙城失去飞将，胡马已临阴山。

大角和沙角炮台丢失，虎门的第一重门户被打开，敌人开始向关天培驻守的第二重门户进攻了。大角和沙

血洒虎门御敌寇

——抗英将军关天培

角失陷后，琦善恶人先告状，他不说是由于自己一味投降不抵抗造成的，反诬告关天培轻启战端。昏庸的道光皇帝被英国侵略者吓破了胆，对琦善偏听偏信，竟然下令处分了关天培，责怪关天培平时统兵无方，临时又仓皇失措，故失炮台。下令革去关天培的顶带，令他戴罪立功，以观后效。

此时关天培的心情痛苦极了，一方面是大敌压境，虎门要塞危在旦夕，而自己所掌握的兵力只剩下几百人，怎么可能守住要塞呢？另一方面，皇帝偏听偏信，降罪于自己，而钦差大臣却一味主和，不思战守，自己无依无靠，无援可依，恐怕只有死路一条了。他心潮起伏，彻夜难眠。他不是怕死，而是怕自己辛辛苦苦经营6年之久的虎门要塞一旦被攻破，英国侵略者占据祖国南大门，便可以长驱直入了。

"不，不能就这样失败！我要做最后的努力！"想到这里，他连夜赶到钦差大人的府邸，再次苦求钦差大人派兵援守炮台。

夜已深了，琦善早已进入梦乡。突然，一个仆人走进卧室，将沉睡的琦善叫醒。只听仆人急声说道：

"大人，快醒醒，水师提督关大人有要事找您。"

只见琦善翻了翻身，挥挥手说：

"去，告诉关天培，有事等明天再说。本大人今晚不见。"

仆人走了，过了一会儿又回来，对琦善说：

"大人，关天培不肯走，今天晚上他一定要见您。"

琦善没有办法，只好穿衣起床，来到前厅会见关天培。看到关天培后，他阴阳怪气地问：

"不知深夜提督前来有何事相商？"

只见关天培老泪纵横，急切地对琦善说：

"钦差大人，虎门要塞危在旦夕，虎门失守，后果将不堪设想，望大人能给下官派些援兵，共守虎门。"

琦善满脸不悦，说道：

"我以为提督大人深更半夜来找我是什么事呢，原来是让我发兵啊，这怎么能行呢？我现在正在和英军谈判，如果派兵，他们会说我不守信用，没有诚意的。他们要发起怒来，我可担待不起。我们不能轻易出兵，否则皇帝要怪罪的。"

看着琦善一副卖国求荣的奴才相，关天培气愤极了，他愤怒地瞪了琦善一眼，头也不回地冲出了钦差大人的府邸。

关天培来到靖远炮台，手摸着自己心爱的大炮，泪水顺着脸颊淌着。看着奔腾汹涌的珠江，错落有致的炮台，他难过极了。用不了多久，这些将不再属于自己，自己恐怕也永远见不到了。他默默地回到府邸，将自己所有的衣物都收拾好。他想到自己白发苍苍的老母亲，温柔贤惠的妻子，没有长大成人的儿子，他们远在江苏老家，自己恐怕再也见不到他们一面了。自己没有什么能留给他们，他把自己珍藏多年的几枚掉下的牙齿拿了出来，放在手里看着，这是母亲给我的，我应把它还给母亲。他又拿出一把剪刀，将自己已经有些花白的头发剪下一缕，和牙齿一起，用一件旧衣服包好，放在匣子里，心里默默地叨咕着：

"妈妈，孩儿不孝，我要先您一步走了。"

第二天，他派人把装着牙齿和头发的匣子送回到江苏老家，并一再叮嘱，送到老家后，不要让家人马上打开，让他们等待我的消息。他又派人将其衣物全部拿去

虎门广场

血洒虎门御敌寇
——抗英将军关天培

卖掉，只留下一把跟随自己多年的战刀。他拿着换回的钱，把和他一起驻守炮台的士兵召集起来，心情沉重地说：

"兄弟们，多少年来，我们一直风雨同舟，患难与共，亲如兄弟。现在，生死攸关的时刻到了，望兄弟们能够同心同德，奋勇杀敌，誓死保卫我们的祖国，保卫我们的家园。"

士兵们热烈地鼓掌。关天培接着说：

"兄弟们，恕本官无能，使兄弟们遭此劫难，我无以报答。我是一个穷官，没有多少积蓄，我只有这点钱，分给大家，你们把它寄给你们的父母、妻子，给他们点儿安慰。拿着吧，兄弟们!"

望着眼前一张张年轻而又生龙活虎的脸，关天培再也说不下去了。士兵们眼含热泪，用颤抖的双手接过钱，他们都知道这意味着什么。他们毫不畏惧，决心与关大人共赴国难。

黑云压城城欲摧，虎门要塞危在旦夕，而琦善拒不发兵救援，引起广大爱国志士及官兵的愤怒，他们强烈地要求琦善出兵，援助关天培。已被免职的林则徐、邓廷桢和广东巡抚怡良等，也坚请琦善派兵援守虎门，保住进入省城的要隘。琦善看众怒难违，不得不派兵援助关天培。当时琦善握有八旗兵、绿营兵及团练数万大军，而他只派刚刚到达的贵州兵 1 000 人，增援太平墟；湖南兵 900 人，会同广东省兵 700 人出守乌涌口，装出一副准备抵抗的姿态。

然而，这一切已经太晚了。2 月 25 日，英军 18 艘军舰冲进虎门，将下横档岛、永安两个炮台团团围住了。

2 月 26 日拂晓，天灰蒙蒙的，还不停地下着小雨，英国侵略者向虎门各炮台发动了总进攻。他们先向被围的下横档两个炮台开炮，当时守将庆宇、达邦阿率领官兵，进行拼死抵抗，多次打退了英舰的进攻，一直激战

到中午，终因寡不敌众、弹尽粮绝而失败了。敌人一窝蜂地涌上炮台，守卫炮台的士兵们誓死不投降，和守将一起，集体悲壮地跳入水井，以身殉国了。

上、下横档失陷后，关天培镇守的靖远炮台及其两侧的镇远、威远炮台就直接暴露在敌人的火力之下。靖远炮台是一座刚竣工不久的新炮台，只有大炮60门。敌人开始疯狂地向靖远炮台开炮，关天培和游击麦廷章等亲自率领士兵开炮还击着，战斗异常激烈，轰轰的炮声惊天动地，一片片火光映红了天际。关天培对着士兵们大声地喊着；

"兄弟们，给我狠狠地打！"

士兵们齐声回应着，高山大海共鸣着，一片悲壮景象。

关天培手握战刀，沉着地指挥着。突然，一个炮守中弹倒下了，他急忙来到这门八千斤巨炮前，亲自点响巨炮，轰击敌人。由于他们的炮式陈旧，炮台上有八门大炮因过热而炸裂了，另有一些炮因被雨水浸透而失效，火力大受影响。到了下午2点，敌人的炮火更猛了，炮台上的守军已阵亡大半，弹药也所剩无几了。英国侵略者在炮火的掩护下，开始攻上炮台。

炮台上到处是守军的尸体，鲜血已染红了这座神圣的炮台，活着的守军将士们眼睛都红了，他们从伙伴的

《血战虎门》剧照

尸体上踏过去，愤怒地冲向敌群，同敌人展开了肉搏
战。关天培拿着战刀，拼命地与敌人厮杀着，他一身
武艺，接连砍死好几名敌军，他的身上也受伤数十处，
鲜血和着汗水，浸透了他的战袍。这位年已62岁的老
将已经几天没有合眼休息了，疲惫异常，他凭着自己
顽强的意志支撑着，在战斗间歇中，他把跟随自己多
年的仆人孙长庆叫到面前，沉重地对长庆说：

"长庆啊，这是我的提督印，你快突围出去，把它
送给抚军，决不能让他落在敌人的手里。"

孙长庆跪在关天培面前，痛哭地说着：

"不，大人，我决不离开您。我已跟随您十多年
了，现在您有急难，我怎么能离您而去呢？我生也与您
在一起，死也与您死在一起，决不离开您!"

他用手抓着关天培已被鲜血染红的战袍，死死不
肯离去。

眼看敌人又冲到面前了，关天培急了，挥起战刀将
大襟割断，大声地对孙长庆吼着：

"走，你给我快走！我上不能报答皇上的恩德，下
不能孝顺老母，死有余恨。你如果突围出去，到老家告
诉我的夫人，我死后，只要她能孝敬我的老母，我死也
就瞑目了，她对我的恩德，只有来世再报了。"

说到这里，使劲推了孙长庆一把。孙长庆接过大

印，哭号着冲下山去。

送走仆人，关天培又冲向敌群。忽然，一发炮弹击中了他的胸部，这位久经沙场的老将为国捐躯了。但他双目不闭，挺立不倒，仍像一座长城，威严地屹立在炮台之上，英国侵略者看到关天培屹立如生，吓得赶紧趴下。

孙长庆送印回来，战斗已经结束。炮台上到处都是守军们的尸体，鲜血和着雨水汇成一条小河，涓涓地在炮台上流着。他在尸体中寻找着。当他看到关天培的尸体时，这位老将全身都被炮火烧焦，数十处刀口还在流血，鲜血已染红了地面。他背起主人的遗体，一步一步地走下炮台，向远处走去。

虎门保卫战悲壮地结束了，中国的"南海长城"倒下了。广东人民听到关天培牺牲的消息，万分悲痛，他们自愿组织起来，为这位身无半文、英勇献身的老将捐款，筹办丧事，送这位忠魂回归故里。林则徐听到关天培牺牲的消息，哀友悲国，愤然写下本文开头的那副挽联。

关天培虽然牺牲了，但他的爱国主义精神将永世长存。人民不会忘记，为了怀念这位血战虎门的爱国将领，在他的故乡江苏淮安城修建了"关忠节公祠"，永远激励后来人。

关天培用他的生命，书写了中国人民反抗外侮的历史。人民永远不会忘记他。

道光帝闻听关天培战死，下旨说："英军攻击虎门炮台及乌涌卡座，广东水师关天培被害，殊甚悯恻，着加恩赐恤。"4月，又下旨说："昨因虎门失守，提督阵亡，降旨令兵部议恤。兹据该部议奏，关天培除照例赏与银两，准予世职外，着该督抚查明伊子孙几人，均于服阕后送部带领引见，候朕施恩。该员统领士卒，为国捐驱，着即在遇害地方建立专祠，以慰忠魂而彰节义。"并给予关天培"忠节"谥号。

壮烈的虎门保卫战后，部分阵亡官兵的遗体，由亲属认领掩埋。剩下没有亲属认领的士兵遗体，由当地父老就地安葬。两年后，又按照当地风俗习惯，将遗骨起出，用陶罐装好，合葬于沙角山南麓的白草岗上，取名"节兵义坟"，并立碑纪念。那些随关天培战死沙场的英雄们，虽然无名，但他们的事迹却流芳千古。

"一死无地招忠魂。"关天培殉国后，人们在他的家乡修建起了"关忠节公祠"。解放后，人民政府又对"关忠节公祠"进行了修缮，供人们瞻仰。现在广州博物馆还收藏着关天培的部分遗物。睹物思人，凭吊英雄。他那种反抗外侮的高尚民族气节，永远激励着后代子孙去为祖国的强盛、民族的富强而奋斗。

关忠节公祠

血洒虎门御敌寇

——抗英将军关天培

关天培大事年表

1780年：生于淮安府山阳县(今淮安市)。

1803年：考取武庠生(武秀才)。

1826年：任太湖营水师副将，同年以督押海运漕米船自吴淞到天津，途中虽遇惊涛骇浪，仍能安全抵达，因之受到特别嘉奖。

1827年：提升为江南苏淞镇总兵。

1834年：任广东水师提督。自接任后，即致力于加强广东沿海的防务，支持林则徐实行禁烟。

1840年：林则徐被撤职查办。广东地方官吏大多改持与侵华英军"和谈"的态度，而关天培却不为所动，仍然坚决主战。为此，他特意在大战前夕，派专人将自己的旧衣与遗齿送回故乡与家人作诀念，明示死志。

1841年：英军对虎门要塞发动总攻，关亲临镇远炮台指挥，在靖远炮台率孤军英勇奋战，致创痕遍体而壮烈殉国。死后"谥忠节"敕封"振威将军"。

《筹海初集》

关天培的《筹海初集》是一部军事资料汇编，记录了在第一次鸦片战争前期关天培筹备广东海防的情况。书中收录了与广东海防相关虎门海口各炮台地图和练兵图共14篇、告示2篇、广东历任水师提督题名碑记1篇和各类上传下达的古代公文书信稿106篇，共计123篇4卷，反映了关天培筹备广东防务时的军事思想。经过关天培等爱国将领扩建的虎门炮台式要塞，既继承了明朝后期沿海城寨建筑技术的长处，又有防御敌舰进攻的新内容，反映了中国古代军事筑城技术，从以城墙城池建筑为重点，向以炮台建筑为重点特色，在军事技术上虽不能说先进，但也具有一定的使用价值。

在《筹海初集》的自序中，关天培简述了自身的经历和著书的缘由。关天培是江苏淮安人，生于1781年卒于1842年，终年61岁。他自幼研读儒家学术著作，研读古代兵书《六韬》和《玉

血洒虎门御敌寇

——抗英将军关天培

拓展阅读
TUOZHAN
YUEDU

铃》，揣摩用兵谋略。武秀才出身的关天培在绿营效力二十多年后以其卓越的才能和功绩升任参将。他一生中的转折点是在1826年3月首行海运时。当直隶总督琦善、巡抚陶云汀正在商议选派押运官员之时，关天培毛遂自荐(培不必毛遂之嫌，力请身任)要求承担此项重任。

員署理欽此

道光十四年九月十一日奉

上諭本日據哈豐阿等由驛馳奏嘆咭唎兵船均已押逐

出口一摺覽奏均悉已明降諭旨分別加恩並賞還盧

坤太子少保銜雙眼花翎矢此次嘆咭唎夷目嘩嘮啤

來粵貿易不遵法度並將兵船二隻闖入內河經官兵

開炮攔截膽敢放炮回拒節經盧坤將該夷船進出之

路全行堵塞該夷目瞭見柴草船隻恐火攻寔形惶懼

恐現據該散商咖啡咭等投稱咿嘮啤自認不諳例

关天培含恨殉国

关天培于道光十四年任广东水师提督。当英军进逼虎门时，他驻靖远炮台，另以潮州镇总兵李廷钰守威远炮台，马辰、多隆武守镇远炮台。他眼看海防尽撤深感痛心，恨声不已，再次派人赴广州向琦善求援。琦善仅派兵200人进行敷衍。援兵无望，关天培深知身处绝境，决心以死报国，特派家丁将其广东水师提督官印送走，把自己的几件旧衣服和几枚坠齿装入一只木匣，寄回家中以示诀别。然后来到靖远炮台，坐镇指挥。

正月二十八日，英舰开始向虎门口集结。二月初五前，完成了进攻虎门的准备，计兵船10只、轮船3只和运输船多只。英军发现下横档岛没有设防，遂于初五下午派出炮兵分队由轮船运至该岛登陆，并连夜选择阵地，安设炮位。初六清晨，南风正盛，英军乘上风轰击横档、永安炮台。守台清军奋勇抗击，英军初未得势，到后来涨潮，复蜂拥逼近，围攻一时许，即陷。清军阵亡300人，一部分被俘，少数突围。英军攻占横档、永安炮台后，集中兵力进攻靖远、威远炮台。由于风潮不顺，直至上午11时半，两艘最大的军舰"伯兰汉"号和"麦尔威里"号才乘涨潮冒着炮火驶抵南山一里左右的水域，以右舷炮轰击威远、靖远炮台。关天培决心死守阵地，将自己的财物全部分赠将士，鼓励他们英勇杀敌。他亲燃大炮，自上午10时至下午7

时，与敌激战近十小时之久。英军自炮台背后进攻，关天培身受数十创，血染衣甲，仍持刀拼杀，终因伤重力竭，弹尽援绝，最后含恨壮烈殉国。游击麦廷章(? —1841)及所部战士数十人亦英勇捐躯。虎门各炮台相继失陷。大虎山、小虎山清军不战而退。林则徐对关天培英勇牺牲倍感悲痛，特写挽联悼念："六载固金汤，问何人忽坏长城，孤注空教躬尽瘁；双忠同坎壈(指同时战死的麦廷章)，闻异类亦钦伟节，归魂相送面如生。"

精忠报国

关天培的民族气节与英雄气概，为后人所景仰，如果追溯关天培高尚人格的成因，还要从他幼时说起。关天培，字仲因，号滋圃，1780年1月8日生于淮安府山阳县(今淮安市)。在他幼年时，即受到母亲吴氏良好的启蒙教育，关天培喜欢练武，又崇尚正义，经常匡扶正义，帮助弱小，深受当地民众赞誉，但由于其时家贫，未能进一步读书，只好考入军营，于1803年考取了武庠生(武秀才)。初授漕督右营把总，关天培在临上任的前一天，关母吴氏特意把他叫到跟前，给他讲了宋朝"岳母刺字"的故事，讲了岳飞不论在什么样情况下，始终不忘国家大义，精忠报国。并要关天培牢牢记住国家之重要，军人更要以奉献国家为荣。关天培牢记母训，以岳武穆为榜样，开始了他漫长的戎马生涯。

1826年，由于"漕河浅阻"，江苏筹办海运漕米难以运抵京城，操办此事的官员颇为头疼。押运粮米，不仅责任重大，而且差事清苦，需要在水上漂泊几个月，危险重重。然而，关天培"不避毛遂之嫌，力请身任"，这让操办此事的官员喜出望外，关天培的能力与胆量初露峥嵘，于是被委任为押头，运送漕米赴京。这是一支由1 254只船组成的庞大船队，运漕米124.1万余石，行"汪洋大海，遇警风骇浪"，行程五千余里，途中，虽有三百余艘船只因为风浪"漂入高丽"(今朝鲜)境内，但他根据潮水、风

向等河流因素，胸有成竹，指挥若定，皆化险为夷，不但"斛收无缺"，而且"各船舵水兵三万余人，一丁未损"（关天培《筹海初集·序》），十分出色地完成了此次运送漕米的艰难护航任务，受到了道光皇帝的多次接见和嘉奖，被提任苏淞镇总兵。

关天培于1834年10月受命接任广东全省水师提督，其时，关母已年近八旬，忍受不了长途跋涉之苦，且又不愿拖累关天培，坚决要回淮安老家生活。从此，关天培把对慈母的一片孝心全用在整顿海防、保卫国家南大门的国防事务上。1838年仲秋，虎门提督署内菊花盛开，争奇斗艳，"有并蒂双花者，有一蒂三花形同品字者，有重楼花分三层者，有一茎双头花开四朵者，更有黄菊一枝，顶开大菊一朵，又于花瓣中另生六茎，长者二寸，短者寸余，茎端各开小花一朵，共成七子之形"。看到这些在秋风中精神抖擞的菊花，关天培不由触景生情，思念远在故乡淮安的老母和亲人，更想到8月26

日是老母亲八十诞辰，但由于广东防务很紧张，自己不能回乡侍奉慈母，为她老人家祝寿。于是，关天培特意请友人、广东名画家何种(字丹山)就以菊花为喻，绘了一幅《延龄瑞菊图》，遥祝母亲身心健康，延龄益寿。并请林则徐、邓廷桢赐题。两位上级官员都十分器重关天培，还借题诗之际，相互担心关天培被对方借机弄走，这种英雄惺惺相惜的事情，一时被传为佳话。对于关天培来说，无论到了哪里，都一样为国尽忠，可是，他的能力、他的胆识，却不是一般人可以拥有的，自然是上级争相挖掘的高级人才。

林则徐对关天培的器重是有原因的，他了解关天培的能力、本领与胆识。在英国强兵入侵时，多数中国兵丁处于守势，被动挨打。1840年6月，英国政府派出48艘战舰和4 000名士兵到达广州海面，准备向中国发动进攻。

那些天，英国军舰在我国海面上耀武扬威地游来荡去，气氛很紧张。谣言四起，有些官兵心里七上八下的。林则徐一点儿也不惊慌，他找到关天培，问他："洋人现在这么猖狂，我们可不能被动地等着挨打呀！"关天培说："您说打，我就去打！"林则徐果断地说："主动出击！把我们的兵勇派出去，到海面上找洋人打。""好！"关天培忍不住吼出了心里的声音。他们仔细地商量好对策后，派出大小兵船70多只、1000多名水勇，由机智勇敢的副将马辰等人率领，出海寻敌。林则徐和关天培亲自来到前沿阵地，鼓励将士们说："洋人在海上散布谣言，扰乱我军心民心，闹得人们日夜

不安。我们一定要打掉他们的威风。"又过了三天，他们出海来到了一个叫冷水角的地方，终于在那里发现了一艘英国兵船。马辰立即派出几只快艇，追了上去，一发炮弹正好击中了敌舰的腰部。那只敌舰见势不妙，赶紧逃跑了。胜利鼓舞了士气，到傍晚，他们又发现了10艘敌舰，马辰和水勇们非常高兴，全力向敌船冲了过去。当离"架历"号越来越近的时候，马辰下令开炮。几发炮弹掠过汹涌的波涛，落在"架历"号上，把它的船体穿了几个大洞。那些英国兵纷纷落入水中。当夜幕降临的时候，英军兵船不敢再打，趁着天黑，赶紧逃往远海去了。

正因为精忠报国之志贯穿关天培的一生，才有了他面对强兵入侵还能如此坚定地指挥兵丁反击。最后关头，关天培手执佩刀，狠狠砍杀闯上炮台的英兵，不幸被敌炮当胸击中，以身殉职。直至最后时刻，他仍然双目不闭，屹立不倒。

血洒虎门御敌寇

——抗英将军关天培

关天培祠

关天培祠，青砖青瓦，一派清静、肃穆，院墙上有"江苏省文物保护单位关天培祠"字样，院子里干干净净的，几株古树生机盎然。原祠建于清道光二十六年（1846年）。当时规模宏大，有大殿3间，西厢6间，西厢的前后各有一个小院子，东厢3间，东厢南头有厨房，门厅与大殿对称。庭院中间建有碑亭一座，刻有道光皇帝的谕祭文，故称为"谕祭文碑"。门厅西边塑有两战马，面北檐口有3块匾牌，正中对着塑像的匾额为"谥忠节"，左首为"敕封振威将军"，右首为"法福灵阿巴图鲁"（满语意为对英雄的美称）。大殿中间是放置关天培塑像处，在塑像的上方中间有块匾，上书"为国捐躯"4个字，匾上有御印1方，时间是道光二十六年。在"为国捐躯"下边还有一块匾，上书"威震华夷"。大殿门外有青石板平台，是供官员们祭拜用的。原祠大殿在抗日战争中被侵华日军飞机炸毁，现祠是1953年底、1954年初由政府拨款修建的。大殿3间，中有塑像，神台上，关天培官服塑像栩栩如生，两旁一对亲随，分别执剑捧书。殿内现陈列着关天培作战时的许多画像，既有当时的战船、兵器，也有关天培作战时的英勇抗敌的画面，还有他的生平简介，以及当时整个战斗过程的描述，令观者如同身临其境，更加了解那个风雨飘摇时代英雄的气概与精神。正殿上方有"关忠节公祠"匾额，门前挂有林则徐撰的挽联："六载固金汤，问何人忽坏长城，孤注空教躬尽瘁；双忠同坎壈，闻异类亦钦伟节，归魂相送面如生。"上联发问，关天培苦心经营六年的坚固防线到底是谁毁坏了，以致他孤军作战，鞠躬尽瘁，为国捐躯？下联记述关天培和参将麦廷章在无援的困境中双双为国尽忠，他们伟大的民族气节，连英军都很钦佩。全联抒发了作者对琦善等投降派的憎恨和对战友的无限怀念之情，短短38字，算得上一首可歌可泣的民族史诗。

中华魂·百部爱国故事丛书
提　　要

《誓与禁烟相始终——民族英雄林则徐》

林则徐严禁鸦片，坚决抵抗西方列强的侵略，坚持维护国家主权和民族利益。他是中国近代历史上第一位睁眼看世界的人，是抗击帝国主义殖民侵略的第一人，是中华民族抵御外侮过程中伟大的民族英雄。

《血洒虎门御敌寇——抗英将军关天培》

民族英雄关天培，在第一次鸦片战争中为了抗击英国侵略者的入侵而血洒虎门，为国捐躯，谱写了一曲可歌可泣的英雄赞歌。关天培用他的生命，书写了中国人民反抗外侮的历史。

《威震镇海靖节魂——抗敌英雄裕谦》

在第一次鸦片战争期间的众多牺牲者中，有一位官阶最高，他就是两江总督裕谦。裕谦与外国侵略者斗争立场坚定，与国内妥协派、投降派斗争态度坚决。裕谦督战镇海，与英国侵略军浴血奋战，临危不惧，以身报国，浩气长存。

《斩邪留正解民悬——太平天国领袖洪秀全》

农民出身的洪秀全，从失意文人到起义领袖，经历了长期的思想演变过程，在外敌入侵、清朝政府腐朽的历史环境之下，顺应时代的潮流，成长为一位非凡的历史英雄人物，建立了与清朝政府相抗衡的农民政权——太平天国。

《仰承汉唐　荟萃中外——近代数学家李善兰》

李善兰是我国19世纪重要的科学家之一，在数学、天文学、力学等方面都有重大建树。他继承了我国古代数学的成就，又以极大的热情传播西方科学文化，"仰承汉唐，荟萃中外"，把自己的一生献给了科学事业。

《严谨治学　勇于探索——近代著名数学家华蘅芳》

华蘅芳，中国近代数学家之一。其精通中国古算学，并熟练掌握西方近代数学，是中国验证抛物线并著书立说的参与者。为了证明"外国有的，中国也能造"而鞠躬尽瘁，在引进西方科学技术、传播科学知识上贡献卓著。

《折冲樽俎护山河——近代著名外交家曾纪泽》

曾纪泽是中国近代史上著名的爱国外交家，在中俄伊犁交涉事件中，他秉承抵抗列强、保卫国家的坚定意志，利用外交手段全力同沙俄抗争，捍卫了国家主权、民族尊严，收回了祖国的领土，在近代中国外交史上留下了光辉的一页。

《甲午海战留英名——民族英雄邓世昌》

邓世昌，北洋水师名将。本书以邓世昌的成长过程为线索，以代表性的历史故事为主要内容，还原真实的历史事件，突出鲜明的人物性格。邓世昌因在中日甲午海战中突出的英雄气概而名垂史册，书写了伟大的爱国主义篇章。

《誓与舰队共存亡——北洋水师提督丁汝昌》

丁汝昌处在清朝政府的腐朽和李鸿章的专断下，难以施展爱国的抱负，壮志未酬，愤恨而终。但丁汝昌为建立近代海军作出的巨大贡献，带领北洋舰队爱国官兵勇抗强敌的英雄事迹，将永远为后代所传颂。

《镇南关上凯歌扬——抗法老英雄冯子材》

1885年中法战争中，年逾古稀的冯子材为抵御外国侵略，勇赴国

难，大败法军于镇南关，并乘胜追击，接连收复文渊、谅山等地，从根本上扭转了中法战争的局面，成为近代民族英雄的杰出代表。

《屡败法军逞英豪——黑旗军将领刘永福》

刘永福是黑旗军的创建者，是农民出身的杰出军事家、政治活动家。在19世纪发生的援越抗法、中法战争中，他率部与帝国主义侵略者进行了殊死的战斗，建立了卓越的功勋，成为我国近代史上著名的民族英雄，为后世所景仰。

《矢志变法强国家——戊戌变法领袖康有为》

康有为是清末民初最有影响力的思想家之一。他领导了中国知识界的启蒙运动，掀起了一场自上而下的政体改革。他最早在中国提出了立宪政体和具体的宪政方案，主张在坚持儒家传统和帝制的前提下，学习西方经验，他的进步思想对近代中国具有深远的影响。

《开民智以报国 普新知而图强——戊戌变法思想家梁启超》

梁启超，中国近代史上著名的政治活动家、启蒙思想家、史学家、文学家，戊戌变法领袖之一。本书以百日维新思想家梁启超的成长过程为线索，以代表性的历史故事为主要内容，还原真实的历史事件，突出鲜明的人物性格。

《我自横刀向天笑——维新志士谭嗣同》

谭嗣同在民族危机的严重时刻，投身改革救中国的洪流。为了带给祖国一个光明的未来，紧要关头，他挺身而出，用自己的鲜血激励后人，把宝贵的生命献给了变法事业。

《睡乡敢遣警世钟——用生命警策国人的陈天华》

陈天华是民主革命的活动家和宣传家。他写的《猛回头》《警世钟》等书，起到了革命启蒙的重大作用。为了激发留日学生的爱国情怀，他不惜投海自杀，演出了近代史上感人至深的一幕，给后人留下了难忘的印象。

《革命军中马前卒——民主斗士邹容》

革命乃"至尊极高，独一无二，伟大绝伦之一目的"；它是"天演之公例，世界之公理，顺乎天而应乎人"的伟大行动。因此，必须"仗义群兴革命军"。他激情高呼："革命独子万岁！中华共和国万岁！"这就是《革命军》的作者，中国近代著名资产阶级革命宣传家邹容。

《休言女子非英物——鉴湖女侠秋瑾》

为民族解放和妇女解放而英勇斗争的秋瑾，冲破封建礼教的思想牢笼，打碎封建精神枷锁，崇仰真理，追求光明，主张共和，坚持男女平等，最终献出了自己年轻的生命。

《血溅校场　杀身成仁——民主斗士徐锡麟》

本书讲述了反清志士徐锡麟弃文从武、投身反清革命事业，最终被清政府杀害的故事。出于对国家的热爱，徐锡麟献出自己的生命，他的事迹将永远激励后人深切缅怀这位民主革命的先驱。

《生可死耳　我志长存——献身民主的禹之谟》

禹之谟，民主革命党人，同盟会会员，近代资产阶级革命家、实业家。1886年，20岁的禹之谟"提三尺剑，挟一卷书"游历四方，研究西方社会政治学说，忧国忧民之心日趋强烈。戊戌变法失败，他丢掉改良幻想，倡革命救亡之说，走上民主革命道路。

《物竞天择　适者生存——资产阶级启蒙思想家严复》

严复是中国近代著名的启蒙思想家、翻译家和教育家。他长期从事教育和翻译事业，为近代中国人才培养和思想启蒙做出了重要贡献，同时他也为中国的翻译事业和中西思想文化交流做出了重要贡献。

《辛亥革命急先锋——资产阶级革命家黄兴》

黄兴，清末民初资产阶级革命家，中华民国开国元勋。黄兴在武昌首义及辛亥革命时期的爱国表现，与孙中山闻名于当时，常被时人以"孙黄"并称。本书以资产阶级革命活动实干家黄兴的成长过程为线索，歌颂了先辈伟大的爱国主义精神。

《矢志革命　百折不回——近代民主革命家廖仲恺》

廖仲恺追随孙中山踏上了创立民国与捍卫共和制的旧民主主义革命

之路；在新民主主义革命时期，他为建立、巩固首次国共合作和实施三大政策，英勇奋斗，为国殉职，洒尽了一腔热血。

《将军拔剑南天起——护国英雄蔡锷》

蔡锷是中国近代史上的杰出军事家、爱国者。他的一生短暂而伟大。辛亥革命爆发，他毅然投身于革命洪流之中，领导云南重九起义，对武昌起义积极响应。袁世凯窃国复辟、恢复帝制的阴谋暴露出来以后，他又毅然举起了武装讨袁的旗帜。

《反帝反封建运动——五四青年的爱国故事》

五四运动是一次伟大的反帝反封建的爱国运动；是一个伟大的历史转折点；是中国人民的斗争从挫折走向胜利的一个关节点，它为中国的前进开辟了一条全新的道路，拉开了中国新民主主义革命的序幕。

《思想自由　兼容并包——著名教育家蔡元培》

蔡元培是中国近现代著名的民主革命家和教育家，一生经历风雨，却始终信守爱国和民主的政治理念，致力于废除封建主义的教育制度，奠定了我国新式教育制度的基础，为我国教育、文化、科学事业的发展做出了富有开创性的贡献。

《为国家争光　为民族争气——中国铁路之父詹天佑》

詹天佑是我国最早的杰出铁道工程师，因主持建造京张铁路而闻名中外，被誉为"中国铁路之父"。他为祖国的铁路事业贡献了毕生的精力。本书向读者展示了詹天佑热爱祖国、科技兴国的辉煌人生。

《实业救国　衣被天下——轻工之父张謇》

张謇是爱国实业家、教育家。他年轻时中过状元。过了40岁，开始投身工商实业活动中，他的名言是"富民强国之本在于工"。在南通，创办大生丝厂、银行等各种实业。并将创办实业的大部分所得投入教育。他的观点是，教育和实业一样，也是"富强之大本"。

《心向革命　追求光明——平民将军冯玉祥》

冯玉祥将军"是一位从旧军人转变而成的坚定的民主主义战士"。

抗日战争期间，他辗转各地，用实际行动积极抗战。日本战败投降后，他为了断绝美国的援蒋内战，又在美国四处演说，揭露蒋介石统治之黑暗，痛斥美国阴谋分裂中国的不良行为。

《刑场上的婚礼——革命烈士周文雍　陈铁军》

周文雍是广州起义的主要领导人之一。陈铁军出身于华侨商人家庭，却毅然投身革命洪流。1928年1月，两人接受派遣，回到广州假扮夫妻从事革命斗争，却不幸被捕。临刑前，两位烈士将敌人的枪声当作自己婚礼的礼炮，用生命和爱情谱写出一曲千古绝唱。

《星星之火　可以燎原——井冈山斗争的故事》

1927—1929年，毛泽东、朱德等老一辈革命家，在井冈山创建了农村革命根据地，进行了艰苦卓绝的斗争，建立了新型革命武装，点燃了工农武装革命之火，找到了农村包围城市最后夺取政权的中国革命的正确道路。

《新民学会的主要发起人——中国共产党早期革命家蔡和森》

蔡和森青年时期曾与毛泽东等人一起组织进步团体新民学会，参加五四运动，并在赴法国勤工俭学时研读大量马克思主义著作，回国后以满腔热忱投身革命事业，成为中国共产党早期重要的理论家和宣传家。

《威震黄浦江畔　高奏抗日壮歌——一·二八淞沪抗战》

面对日本侵略者的挑衅，十九路军在蒋光鼐、蔡廷锴的带领下，高举义旗，奋力一搏。一·二八淞沪抗战，是中国军人捍卫军人荣誉和祖国尊严所发出的吼声，谱写了一曲抗击日军侵略的英雄壮歌。

《将军恨不抗日死——慷慨就义的吉鸿昌》

在国难深重的20世纪30年代，吉鸿昌将军因拒绝执行国民党指示，坚决不打内战，被迫携眷出国"考察"。回国后，他加入中国共产党，组织了民众抗日同盟军，英勇打击日本侵略者，后于1934年11月被国民党反动派杀害。

血洒虎门御敌寇

——抗英将军关天培

《献身革命　甘于清贫——梅岭忠魂方志敏》

　　大革命失败后，方志敏凭着"两条半步枪"起家，身经百战，创建了赣东北革命根据地和红十军。本书真实记录了方志敏投身于革命、领导红军和敌人进行艰苦卓绝斗争的经历，歌颂了烈士贫贱不移、威武不屈、献身革命的高尚品质。

《奏响中华最强音——人民音乐家聂耳》

　　聂耳在他有限的生命中创作了数十首革命歌曲，在抗日救亡运动中，聂耳的这些歌曲产生了广泛深远的影响。他的音乐创作为中国无产阶级革命音乐的发展指明了方向，树立了榜样。

《横眉冷对千夫指——中国文化革命主将鲁迅》

　　鲁迅不但是伟大的文学家，而且是伟大的思想家和伟大的革命家。在那风雨如晦的黑暗年代里，他以笔为投枪，同一切帝国主义和反动派进行了顽强的战斗，为中国人民树立了一个不朽的丰碑。他是新文化战线上的一面光辉旗帜，是我们伟大民族的灵魂。

《铁流两万五千里——红军长征的故事》

　　红军长征是人类历史上的一次伟大的壮举。第五次反"围剿"失败后，中国工农红军的三大主力在极端艰难的条件下，突破国民党军队的围追堵截，进行了史无前例的战略大转移，总行程达两万五千里以上。途中发生了许多动人故事，至今令人难以忘怀。

《荣辱不移革命志——创建陕北红军的刘志丹》

　　刘志丹是杰出的无产阶级革命家、军事家，西北红军和西北革命根据地的主要创始人之一。他一生热爱人民，追求真理，英勇善战，百折不挠，艰苦奋斗，忠心赤胆，为创建红军和革命根据地、为中国人民的解放事业建立了不可磨灭的功勋。

《英名永存北平城——爱国将领佟麟阁　赵登禹》

　　1937年7月28日，日军向北平郊区发动进攻。第二十九军副军长佟麟阁奉命在南苑率部与日军苦战，腿部受伤，头部被敌机炸伤，壮烈殉国。第一三二师师长赵登禹指挥部队顽强抵抗日军，右臂中弹负伤，仍继续作战。后在转移途中遭日军截击而牺牲。

《八百壮士　四行仓库铸军魂——谢晋元和他的战友们》

八一三抗战，中国军人以血肉之躯揭开全面抗战的帷幕。这是一场血战，是中国军人不屈不挠的英雄诗篇，其中的八百壮士守四行，成为这首英雄颂歌中最动人、最凄美的音符。一曲四行保卫战，铸就了不屈的军魂。

《八女投江　气贯长虹——八位抗联女战士》

抗日战争时期，以冷云为首的东北抗日联军8名女战士，为捍卫民族尊严，面对凶残的日寇，镇定自若，宁死不屈，投江殉国，表现了中华民族同敌人血战到底的英雄气概。她们的光辉形象，激励着千千万万的后来人。

《艰苦抗战　威震敌胆——著名抗日英雄杨靖宇》

杨靖宇将军是我国著名的抗日民族英雄。曾先后担任磐石游击队政治委员、东北抗日联军第一军军长兼政委、抗日联军总司令等职。领导军民对日寇坚持了长达9个年头的艰苦卓绝的斗争，最终以身殉国。

《死也不当亡国奴——镜泊抗日英雄陈翰章》

陈翰章，从1932年8月投笔从戎，直到1940年12月8日为抗击日本侵略者，战死在镜泊湖畔。他在抗日疆场上奋战了九年，他那可歌可泣的英雄事迹将为人们永世传颂。

《名将殉国　气壮山河——抗日将军张自忠》

著名抗日将领、民族英雄张自忠，生于忧患的时代，抱有"宁为百夫长，胜作一书生"的志向，经历过失败与低谷，最终成就了慷慨人生。本书主要以人物活动为主，勾画出一个真正的"民族魂"鲜活的人生，会带给读者振奋的力量。

《宁死不辱战士名——狼牙山五壮士》

1941年日寇在河北易县"扫荡"。为掩护群众和主力部队撤退，五

位八路军战士毅然把敌人引上了狼牙山棋盘坨峰顶绝路。弹尽粮绝、无路可退，五位英雄纵身跳下了万丈悬崖，用生命和鲜血谱写出一曲惊天地泣鬼神的壮举。

《太行浩气传千古——抗日名将左权》

左权，中国工农红军和八路军高级指挥员，著名军事家。是八路军在抗日战场上牺牲的最高指挥员。名将阵亡，太行山为之垂首，全党为之悲痛。周恩来称他"足以为党之模范"，朱德赞誉他是"中国军事界不可多得的人才"。

《虎将兴关外　抗倭统雄师——抗联英雄赵尚志》

本书描写了久经考验的共产党员、东北抗联的创建者和主要领导人赵尚志，在艰苦卓绝的条件下，坚持抗战，威震敌胆，战功卓著，忍辱负重，忠贞不屈，为国捐躯的英雄故事，为青少年读者呈上一部爱国主义的佳作。

《黄埔之英　民族之雄——抗日名将戴安澜》

抗日名将戴安澜，先后参加保定、漕河、台儿庄、武汉、昆仑关等战役，作战英勇，屡建奇功；入缅作战，"扬威国外，藉伸正义"；守东瓜，复棠吉；殒身缅北，遗恨丛林，马革裹尸，成就了光辉的一生。

《爱国志士　民主先锋——新闻出版家邹韬奋》

本书讲述了邹韬奋献身新闻出版事业的奋斗历程，展现了一位新闻工作者坚定的革命信念和炽热的爱国主义精神，全心全意为人民服务、为读者服务的奉献精神，歌颂了他的高尚情操和优良品质。

《为抗战发出怒吼——人民音乐家冼星海》

人民音乐家冼星海，青年时期在巴黎求学，饱尝屈辱与磨难；学成后毅然回到多灾多难的祖国，用满腔热忱谱写激昂的音乐，鼓舞中华儿女的斗志；奔赴延安，谱写出不朽的名作《黄河大合唱》，发出中华民族抗日救亡的怒吼。

《全民皆兵　抗击日寇——抗日战争的故事》

中国人民进行的十四年抗战，是一百多年来中国人民反对外敌入侵第一次取得完全胜利的民族解放战争。这场战争是以国共两党合作为基础，有社会各界、各族人民、各民主党派、抗日团体、社会各阶层爱国人士和海外侨胞广泛参加的全民族抗战。

《捧着一颗心来　不带半根草去——人民教育家陶行知》

陶行知是我国现代教育史上伟大的人民教育家、教育思想家。他从青年起就立志献身教育事业，以"捧着一颗心来，不带半根草去"的赤子之心，为人民的教育事业鞠躬尽瘁。

《为民主与和平拍案而起——民主斗士闻一多》

闻一多早年与梁实秋等人发起成立清华文学社。赴美留学期间由对祖国的深深眷恋而创作著名的《七子之歌》。后在西南联大任教8年，积极投身于抗日运动和争取民主的斗争，发表了著名的《最后一次讲演》。

《铁窗难锁钢铁心——革命先烈王若飞》

王若飞是我党早期杰出的无产阶级革命家。在艰苦卓绝的斗争中，他出生入死，屡建奇功，以超人的睿智和胆略，在敌人的监狱中，同敌人展开了殊死的较量，为抗战的胜利和新中国的诞生做出了卓越的贡献。

《横扫千军　还我河山——抗联名将李兆麟》

李兆麟是东北抗日联军创建人之一，他率领抗日联军历尽千难万险与日本侵略者浴血奋战，在极其艰苦的条件下，保存了抗日联军的有生力量，为东北光复做出了重大贡献。

《锄头开出新天地——解放区大生产运动》

为了解决困难，渡过难关，党中央号召党政军民齐动手，开展大生产运动。中国共产党在其控制区域内发动的一场军队屯田和鼓励生产的群众运动，达到了自己动手丰衣足食，共度难关，既进行革命又进行生产自足的目的。

血洒虎门御敌寇
——抗英将军关天培

《生的伟大　死的光荣——女英雄刘胡兰》

刘胡兰，坚贞不屈的少年女英雄。生前对我国劳动人民的解放事业无限忠诚，在敌人威胁面前，大义凛然，毫无惧色，英勇牺牲，表现了共产党员的高贵品质。

《饿死不领美国救济粮——爱国知识分子的楷模朱自清》

朱自清作为爱国知识分子的典型，以锐利的笔锋直言痛斥反动政府的暴行，体现了他崇高的爱国情怀和不畏恶势力的精神品格。毛泽东曾给朱自清先生以高度评价："一身重病，宁可饿死，不领美国的'救济粮'"，"表现了我们民族的英雄气概"。

《为了新中国前进——舍身炸碉堡的董存瑞》

伟大的英雄，中国人民的儿子董存瑞，从儿童团长成长为一名光荣的解放军战士，在1948年解放隆化县城时，舍身炸碉堡，为新中国献出了自己年轻的生命。他的英雄形象永远留在人民心里。

《宁死不屈的共产党员——革命烈士江竹筠》

江竹筠，就是著名的江姐。1947年春，她负责《挺进报》工作，只几个月的时间，报纸就发行到1600多份，引起了敌人的极大恐慌。由于叛徒出卖，江姐不幸被捕，惨遭毒刑的残酷折磨，仍坚贞不屈。最后被特务秘密枪杀，年仅29岁。

《抗美援朝　保家卫国——志愿军的战斗故事》

抗美援朝战争是中国人民志愿军为援助朝鲜人民、保卫祖国安全，与美国为首的"联合国军"发生的战争。在朝鲜牺牲的志愿军烈士们，他们英勇的战斗事迹、保家卫国的精神值得我们发扬光大。

《上甘岭上壮烈歌——黄继光和他的战友们》

在1952年10月的上甘岭战役中，黄继光和他的战友们在零号阵地半山腰被敌机枪火力点压制，此时，黄继光身上已经多处负伤，手雷也已全部用光。为了完成任务，减少战友的伤亡，他用自己的胸膛堵住正在扫射的敌机枪射孔，为反击部队扫清了前进的道路。

《诗书印画　全入神品——国画大师齐白石》

齐白石出身贫寒，做过农活，当过木匠，后改学雕花木工，从民间画工入手，摹古人真迹，学诗文书法，融汇古今，而诗、书、印、画俱佳；他将中国画的精神与时代的精神统一得完美无瑕，使中国画得到国际的重视，无愧于"国画大师"的称号。

《毕生为文化而奋斗——中国第一出版家张元济》

张元济参与、主持和督导商务印书馆近六十年，使其从简单的印刷企业转变为当时中国教育出版的旗帜。张元济一生爱书，在中华大地动荡不安的年代里，他用自己对文化的热爱，续存着中华民族灿烂悠久的文明之光。

《独树一帜　梨园大师——著名京剧表演艺术家梅兰芳》

梅兰芳，京剧大师，演唱风格独树一帜，世称"梅派"。曾先后赴日本、美国、苏联演出，并荣获美国波摩那学院和南加州大学的荣誉文学博士学位。作为一位爱国者，抗战期间蓄须明志，拒绝为日本人演出，为后世称颂。

《华侨旗帜　民族光辉——爱国侨领陈嘉庚》

陈嘉庚是著名的爱国华侨领袖、企业家、教育家、慈善家、社会活动家。他为辛亥革命、民族教育、抗日战争、解放战争、新中国的建设做出了卓越的贡献。生前被毛泽东誉为"华侨旗帜、民族光辉"。

《向雷锋同志学习——伟大的共产主义战士雷锋》

雷锋，一个平凡而伟大的共产主义战士，一心向着党，一生秉承着全心全意为人民服务、无私奉献的崇高思想；发扬刻苦学习和钻研理论的"钉子"精神；坚持勤俭节约、艰苦奋斗的优良作风。毛泽东为其题词："向雷锋同志学习。"

《人民的好公仆——县委书记的好榜样焦裕禄》

焦裕禄，被誉为县委书记的好榜样。他用自己的革命精神，展开了与大自然、与社会落后现象、与病魔的多重抗争，让我们领略到一

个共产党人的生之伟大、死之壮美的人格品质和具有现实教育意义的精神魅力。

《文学巨匠　京味大师——人民作家老舍》

老舍是我国现代小说家、文学家、戏剧家。他用融入骨髓的真诚文字反映生活的喜怒哀乐。老舍的一生，总是在忘我地工作，他是文艺界当之无愧的"劳动模范"，生前被北京市人民政府授予"人民艺术家"的称号。

《革命老人——无产阶级教育家徐特立》

徐特立是一代伟人毛泽东的老师。他出生在贫苦家庭，大部分时间生活在动荡艰苦的年代；他刻苦勤奋，不畏艰辛，追求光明，一生勤俭，为革命培养了大量的人才；他对党和人民任劳任怨，鞠躬尽瘁。他坎坷奋斗的一生，留下了许多可歌可泣的故事。

《人生能有几回搏——新中国第一个世界冠军容国团》

容国团先后担任中国乒乓球队运动员、女队主教练。获得1959年男子单打世界冠军；1961年夺得男子团体世界冠军；作为中国女队主教练，1965年率女队第一次夺得女子团体世界冠军。他的"人生能有几回搏"的豪言，举国传诵。

112

《石油工人一声吼　地球也要抖三抖——铁人王进喜》

王进喜，新中国第一批石油钻探工人。他为祖国石油工业的发展和社会主义建设立下了不朽的功勋，在创造了巨大物质财富的同时，还给我们留下了宝贵的精神财富——铁人精神。他被评为"百年中国十大人物"，写入中华民族的光辉史册。

《做人民需要我做的事——著名地质学家李四光》

李四光是一位伟大的科学家，他一生从事地质学研究工作，足迹遍布祖国的山川，为祖国探明了许多地下宝藏；他创建了崭新的学说——地质力学；他历尽重重困难，为正确认识地质构造开辟了一条新路。

《中国化学工业的先驱——著名化学家侯德榜》

为摆脱纯碱需要进口的窘况，20世纪初，怀着"实业救国"梦想的中国化工先驱侯德榜等人创办了永利碱厂，并立志生产出中国人自己的碱。1926年，永利碱厂终于成功地生产出"红三角"牌纯碱，从此中国制碱业得以跨入世界先进行列。

《毕生求是　一丝不苟——著名科学家竺可桢》

著名科学家竺可桢献身科学研究；治学严谨，一丝不苟；一生廉洁，两袖清风；作风民主，爱护学生。他以爱国之心、报国之志，从一个民主主义者逐渐成长为一个共产主义战士。

《热爱自然的大地之子——著名植物学家蔡希陶》

蔡希陶，五十载风雨，五十载坎坷，五十载奋斗，五十载开拓，为了发现对人类生产、生活有用的植物及新物种的引进而做出巨大贡献，在中国的植物资源学史上将永远镌刻着他的名字。

《高洁无私的襟怀——知识分子的楷模蒋筑英》

蒋筑英是中国当代知识分子的先锋典范，他不为名，不为利，尊重科学；他以坚忍的毅力和顽强的作风，在科学的道路上呕心沥血，鞠躬尽瘁，无私地奉献了青春和生命。

《迎接新生命的天使——卓越的妇产科专家林巧稚》

林巧稚是国内外享有盛誉的妇产科专家。在五十多年的医学教育和临床实践中，林巧稚亲自接生了五万多婴儿，治愈了数千病人，培养了数以百计的专门人才，为我国的妇女儿童事业做出了不可磨灭的贡献。

《独自成千古　悠然寄一丘——国画大师张大千》

张大千是20世纪中国画坛最具传奇色彩的国画大师，无论是绘画、书法、篆刻、诗词无所不通。在艺术界深得敬仰和追捧，艺术家们用真挚的感情，用绘画和雕塑展现了"张大千"多彩的艺术形象。

《建造中国的通天塔——著名数学家华罗庚》

中国当代著名数学家华罗庚，为中国数学的发展做出了无与伦比的贡献，他是中国解析数论、典型群、矩阵几何等多方面研究的创始人与开拓者，也是我国最早将数学理论研究与生产实践紧密结合的科学家。

《问鼎长天　强我国威——两弹元勋邓稼先》

邓稼先是我国著名科学家，参加组织和领导我国核武器的研究、设计工作，从对原子弹、氢弹原理的突破和试验成功及其武器化，到新的核武器的重大原理突破和研制试验，作出了重大贡献。是我国核武器理论研究工作的奠基者之一，被誉为"两弹元勋"。

《敢叫天堑变通途——桥梁专家茅以升》

中国著名的桥梁专家茅以升从小立志为祖国建造桥梁，经过不懈努力，他不仅设计建造了一座座宏伟壮观、坚固实用的道路桥梁，而且搭建了一座座友谊之桥，为祖国建设作出了卓越贡献。

《蘑菇云之梦——核物理学家钱三强》

被誉为"中国原子弹之父"的核物理学家钱三强，更名后立志为科技报国；24岁投师于世界著名核物理学家居里夫妇；与夫人何泽慧合作，发现铀的"三分裂""四分裂"现象；统领我国的原子大军，做了大量创造性工作。

《两离桑梓地　满怀雪域情——领导干部的楷模孔繁森》

孔繁森，是一位一尘不染、两袖清风的好干部。两次进藏工作，历时十载，为西藏的建设、发展和稳定作出了突出的贡献。1994年11月，孔繁森不幸以身殉职。人民群众称他为新时期领导干部的楷模。

《摘取数学皇冠上的明珠——著名数学家陈景润》

陈景润是享誉世界的数学家，为了证明"哥德巴赫猜想"，他以惊人的毅力在数学领域里艰苦跋涉，终于攻克了世界著名数学难题"哥德巴赫猜想"中的"1＋2"，创造了中国乃至世界数学史上的辉煌。

《学术独步　饮誉四海——享有国际威望的科学家卢嘉锡》

卢嘉锡是一位在国际科学界享有崇高威望的物理化学家、化学教育家和科技组织领导者。1945年，卢嘉锡满怀"科学救国"的热忱回到祖国，对中国原子簇化学的发展起了重要推动作用，他所指导的新技术晶体材料科学研究，也取得了重大成绩。

《德艺双馨　梨园楷模——著名豫剧表演艺术家常香玉》

常香玉1941年赴陕甘演出。1948年在西安创办香玉剧社。1951年为支援抗美援朝，率剧社巡回西北、中南、华南各地演出，以演出收入捐献"香玉剧社号"战斗机一架，素有"爱国艺人"之誉。

《文学大师　激流勇进——著名作家巴金》

本书以巴金生平和主要事迹为线索，回顾和展示现代著名作家巴金的一生，以期让人们看到巴金在这风云变幻的100多年中，有过成功的欢欣，有过屈辱的磨难，有过痛苦的忏悔，有过平静的安宁。巴金的人生，映照着一代中国五四知识分子坎坷而不平凡的命运。

《壮心系科学　孜孜为国昌——理论化学家唐敖庆》

本书讲述了唐敖庆从出国求学、学业有成、回国任教，到服从安排、艰苦工作、刻苦钻研，最终成为中国量子化学奠基者的过程。让人们看到了这位著名化学家的赤心爱国、严谨治学、大公无私的崇高品格和科研上的卓越成就。

《中国导弹之父——著名科学家钱学森》

当第一颗原子弹升空的时候，当中国的人造卫星奏响《东方红》的时候，当中国运载火箭腾空而起的时候，当中国研制的导弹准确命中目标的时候，人们都会想起他的名字：中国导弹之父钱学森。

《中国近代力学的奠基人——著名科学家钱伟长》

钱伟长曾以中文和历史两个100分的成绩考入清华大学。九一八事变后，钱伟长毅然放弃了文科的学习而转为理科。他是中国近代力学、应用数学的奠基人之一，在固体力学、流体力学以及航空航天领域，取

血洒虎门御敌寇

得了卓越的成就，为新中国的现代化建设付出了毕生的精力。

《中国光学科学的奠基人——著名科学家王大珩》

王大珩是我国著名的科学家，中国光学科学的奠基人。他先在清华就读，后赴英国求学，学业有成，立志科学救国，其成就享誉神州。他以科学的求是精神和赤诚的爱国情怀，探索着中国光学发展的闪光之路。